푸 모퉁이에 있는 집

The House at Pooh Corner

'곰돌이 푸' 두 번째 이야기

The House at Pooh Corner

푸 모퉁이에 있는 집

앨런 알렉산더 밀른 지음
어니스트 하워드 쉐퍼드 그림
김지영 옮김

브라운 힐
BrownHillPub

곰돌이 푸와 친구들

푸(위니 더 푸)

피글렛
(아기 돼지)

크리스토퍼 로빈

이요르
(당나귀)

티거
(호랑이)

래빗
(토끼)

'캥거'와 아기 '루'
(캥거루)

아울
(올빼미)

일러두기

1. 이 책의 원서(原書)는 작가 알란 알렉산더 밀른이 1928년에 발표한 《The House at Pooh Corner》(푸 모퉁이에 있는 집)입니다.

2. 작가 밀른이 아들 크리스토퍼 로빈 밀른(1920년 출생)과 아들의 다양한 동물 인형을 주인공으로 내세워 어린 아들에게 들려주던 이야기들을 하나로 묶은 것이 이 작품입니다. 어린 아들을 무릎에 안고 이야기를 지어내 조곤조곤 들려주는 작가를 떠올리면, 이 작품만이 지닌 독특한 구성을 이해하게 되고 읽는 재미도 한층 커질 것입니다.

3. 이야기 속에 등장하는 헤파럼프(Heffalump)는 작가가 지어낸 상상 속의 동물입니다.

- 차 례 -

저자 반문(contradiction)

　'서문'이란 사람들을 소개하는 것이지만(영어에서 '서문'을 뜻하는 '인트로덕션(introduction)'은 '소개'라는 뜻으로도 쓰인다. — 옮긴이), 크리스토퍼 로빈과 그 친구들을 여러분에게 이미 소개했기 때문에 이제는 '안녕'이라고 작별을 고할 참이다.

　그러니까 이건 정반대의 경우인 셈이다. 푸에게 '서문'의 반대가 뭐냐고 묻자 푸는 "무엇의 무엇이라고요?" 하고 되물어서 기대했던 만큼 도움이 되지 않았다. 하지만 다행히 아울이 침착하게 나서서 반문(contradiction, 이 단어는 '모순', '반박', '반대되는 말'이라는 뜻을 갖고 있다. — 옮긴이)이라고 대답해 주었다.

　푸야, 아울은 복잡하고 긴 단어도 아주 잘 아는 친구이니까 나는 아울의 대답이 맞는다고 생각한단다.

　내가 지금 반문을 쓰고 있는 까닭은, 지난주에 크리스토퍼 로빈이

"푸에게 언젠가 무슨 일이 일어났는지 들려주기로 했던 이야기는……."
하고 물어서 내가 순간적으로 "107 곱하기 9는 뭘까?" 하고 대답했기
때문이다.

그 문제를 풀고 나서 우리는 다음 문제를 풀기 시작했다. 들판에
젖소가 삼백 마리 있는데, 일 분에 젖소가 두 마리씩 문으로 들어가면
한 시간 삼십 분 뒤에는 들판에 젖소가 몇 마리 남아 있을까? 그 문제는
아주 흥미진진해서 시간 가는 줄 모르고 실컷 즐기다가, 어느새 우리는
몸을 웅크린 채로 잠이 들어 버렸다…….

그런데 우리 베개 옆에 놓인 의자에 앉아 있던 푸는 더 늦게까지
잠들지 않고 있었다. 푸는 혼자서 아무것도 아닌 일들을 가지고 거창하
게 생각을 펼치다가, 어느새 스르르 눈을 감는가 싶더니 고개를 끄덕거
리며 꾸벅꾸벅 졸기 시작했다. 그러다가 우리를 뒤따라서 살금살금 숲
속으로 들어왔다.

그곳에서 여전히 우리는 내가 여러분에게 들려주었던 그 어떤 이야기
보다 훨씬 더 근사한, 마법 같은 모험을 경험했다. 하지만 아침에 눈을
떠 보면 그 모험은 우리가 붙잡기도 전에 어느새 사라져 버렸다.

지난번 이야기가 어떻게 시작되었더라?

"어느 날 푸가 숲속을 걷고 있는데, 문 앞에 젖소 백일곱 마리가 서
있었……."

아니, 여러분도 알겠지만, 이야기가 길을 잃고 말았다. 내 생각에는
그 이야기가 정말 최고였는데…….

어쨌든 그래도 남은 이야기가 몇 가지 있고, 이제 우린 그걸 모두

기억해 낼 작정이다.

　하지만 물론, 이게 진짜로 '안녕'은 아니다. 숲은 언제나 그곳에 있으니까……. 누구든 곰들과 친하게 지내는 사람이라면 그걸 발견할 수 있을 것이다.

앨런 알렉산더 밀른

1
'푸 모퉁이'에 지은 이요르의 집

딱히 할 일이 없던 어느 날, 푸 베어는 뭔가를 해야겠다는 생각이 들었어. 그래서 피글렛이 뭘 하고 있는지 알아보려고 집을 나섰는데, 밖에는 여전히 눈이 내리고 있었지.

푸는 눈을 맞으면서 눈이 하얗게 덮인 숲길을 터벅터벅 걸어갔어. 난로 앞에 앉아 발을 녹이고 있을 피글렛의 모습을 떠올리면서…….

그런데 놀랍게도 문이 활짝 열려 있는 거야. 집 안을 아무리 들여다보고 또 들여다봐도 피글렛의 그림자조차 보이지 않았어.

"밖에 나갔나 봐. 그렇잖아. 지금 집에 없으니까. 그럼 나 혼자 빠르게 생각하면서 산책을 해야겠네. 아, 이런!"

푸가 실망한 듯 중얼거렸어.

그래도 혹시 모르니 푸는 문을 큰 소리로 세게 두드려서 확인해야겠다고 생각했지……. 기다려도 피글렛이 대답을 하지 않아, 푸는 몸을 따뜻하게 하려고 발을 동동거렸어. 그러다 갑자기 노래 하나가 머릿속에 떠오른 거야. 푸는 잘하면 남들한테 불러 줘도 될 만큼 꽤 괜찮은 노래라는 생각이 들었지.

눈은 오면 옹수록
  (티들리 팜),
점점 더 오고
  (티들리 팜),
점점 더 오고
  (티들리 팜),
계속해서 내리네.

하지만 아무도 모르지
  (티들리 팜),
내 발이 얼마나 시린지
  (티들리 팜),
내 발이 얼마나 시린지
  (티들리 팜),
점점 더 시려 오는지.

"그러니까 이제부터 난 뭘 할 거냐면, 바로 이거야. 우선 집으로 가서 몇 시인가 보고 나서 목도리를 두르든지 하고, 그런 다음 이요르를 찾아가서 이 노래를 들려줘야지."

　이렇게 중얼거린 푸는 서둘러 집으로 돌아갔어. 집으로 돌아가는 내내 푸는 이요르에게 들려줄 노래 생각만 하느라 다른 생각을 할 겨를이 없었지. 그런데 집에 돌아와 보니 피글렛이 푸가 제일 좋아하는 안락의자에 앉아 있는 거야. 푸는 피글렛을 맞닥뜨린 순간 자기가 도대체 누구네 집에 온 건지 알 수 없어서, 머리를 문지르며 한동안 우두커니 서 있었단다.

　"안녕, 피글렛. 난 네가 밖에 나간 줄 알았는데."

　푸가 인사를 하자, 피글렛이 이렇게 말했어.

　"아니지. 밖에 나간 건 바로 너야, 푸."

　"그런가. 어쨌든 우리 둘 중 하나가 밖에 나간 건 알고 있었어."

　푸는 시계를 올려다봤어. 사실 시계는 몇 주 전부터 11시 5분 전을 가리킨 채 멈춰 있었는데, 푸는 시계를 보는 순간 행복해졌지.

　"열한 시가 다 되어 가네. 마침 '뭔가 좀'을 먹을 시간인데 때맞춰 잘 왔어, 피글렛."

푸는 이렇게 말하며 찬장 속으로 머리를 들이밀었단다.

"피글렛, 다 먹고 나면 나하고 같이 밖에 나가자. 이요르한테 내 노래를 들려주고 싶어서……."

"무슨 노랜데, 푸?"

"우리가 이요르한테 들려줄 노래야."

푸가 설명해 주었지.

30분이 지난 다음, 푸하고 피글렛이 길을 나섰을 때도 시계는 여전히 11시 5분 전을 가리키고 있었어. 그새 바람은 잠잠해졌고, 제 꼬리를 붙잡겠다고 빙글빙글 맴돌며 쏟아지던 눈송이도 이제는 재미가 없어졌는지 쉴 곳을 찾아 사뿐히 내려앉았어. 가끔씩 푸의 콧등 위로 내려앉는 눈도 있었고, 아예 다른 곳에 내려앉는 눈도 있었지.

조금 지나자 피글렛이 두른 목도리에도 눈이 쌓여 하얀 눈 목도리처럼 보였어. 피글렛은 오늘따라 유난히 귀 뒤쪽으로 눈이 많이 내리는 것 같다고 생각했지.

"푸……!"

피글렛이 좀 머뭇거리면서 입을 열었어. 피글렛은 푸한테 포기하는 것처럼 보이고 싶지 않았거든.

"그냥 생각해 본 건데, 우리가 지금 집으로 돌아가서 네 노래를 연습한 다음, 그러고 나서 내일이나…… 아니면…… 아니면 모레쯤에 이요르를 만나게 되면, 그때 노래를 들려주면 어떨까?"

"피글렛, 정말 좋은 생각이야. 그럼 이제부터 같이 걸어가면서 연습하자. 집에 가서 연습해 봐야 아무 소용이 없어. 이 노래는 반드시 눈이올 때 집 밖에서 불러야 하는 특별한 곡이거든."

"정말 그래?"

피글렛이 걱정스레 물었지.

"그래, 노래를 들으면 너도 알게 될 거야. 노래가 이렇게 시작되거든. 눈은 오면 올수록, 티들리 팜!"

"티들리 뭐라고?"

"팜! 더 신나라고 집어넣은 거야. 점점 더 오고, 티들리 팜! 점점 더오고……."

"눈은 오면 올수록이라고 하지 않았어?"

"맞아. 그런데 그건 더 앞이야."

"그 티들리 팜 앞?"

"그건 다른 티들리 팜이고……."

푸는 이렇게 말했지만, 머릿속이 뒤죽박죽되어 헷갈리기 시작했어.

"내가 노래를 끝까지 불러 볼게. 그럼 무슨 말인지 알 거야."

그래서 푸는 다시 노래를 불렀단다.

눈은 오면

올수록 티들리 팜,

점점 더

오고 티들리 팜,

점점 더

오고 티들리 팜,

계속해서

내리네.

하지만 아무도

모르지 티들리 팜,

내 발이 얼마나

시린지 티들리 팜,

내 발이 얼마나

시린지 티들리 팜,

점점 더

시려 오는지.

푸는 이렇게 노래를 불러 보니, 이게 훨씬 듣기에 좋은 것 같았어.
진짜 최고였지.

푸는 노래를 다 부른 다음, '눈이 올 때 집 밖에서 부르는 노래'
중 가장 좋다고 피글렛이 말해 주기를 기다리고 있었단다.

피글렛은 아주 신중하게 곰곰이 따져 보더니 진지하게 말했어.

"푸, 발보다는 귀가 더 꽁꽁 얼어."

이때쯤 둘은 이요르가 살고 있는, '이요르가 우울할 때 찾는 장소'로
다가가고 있었어. 피글렛은 귀 뒤에 여전히 눈이 쌓여 있는 데다 점점
눈에 진력이 나기 시작했어. 그래서 둘은 작은 소나무 숲 쪽으로 방향을
바꿔서 숲으로 들어가는 문에 걸터앉았지.

이제 머리 위로 내리는 눈은 맞지 않았지만, 추위는 여전했어. 둘은 어떻게든 추위를 떨쳐내려고 푸가 만든 노래를 여섯 번이나 반복해서 불렀으니까. 피글렛은 티들리 팜 부분을, 푸는 그 나머지 부분을 불렀는데, 둘은 노래를 부르다가 적당한 대목에서 나뭇가지로 문 윗부분을 두드리기도 했지. 그러다 보니 뻣뻣했던 몸이 한결 부드러워져, 그제야 둘은 다시 이야기를 나눌 수 있게 되었단다.

"쭉 생각해 봤는데, 내가 생각한 건 바로 이거야. 난 이요르를 생각하고 있었거든."

푸가 말했어.

"이요르를?"

"음, 가엾은 이요르는 살 곳이 아무 데도 없잖아."

"그래, 그렇지."

"너도 집이 있고 나도 집이 있고, 게다가 우리가 사는 집은 아주 훌륭하잖아. 크리스토퍼 로빈도 집이 있고, 아울과 캥거와 래빗도 집이 있고, 심지어 래빗의 친구와 친척들까지도 집이나 그 비슷한 게 있단 말이야. 하지만 가엾은 이요르는 아무 데도 없어. 그래서 내가 생각한 건, 우리가 이요르한테 집을 지어 주자는 거야."

"굉장한 생각이야! 그러면 어디다 집을 지을까?"

피글렛이 말했어.

"바로 여기, 이 나무 바로 옆에다가 짓는 거야. 여기가 내가 생각했던 곳이거든. 바람도 피할 수 있잖아. 그리고 여기를 '푸 모퉁이'라고 부르는 거야. 그러니까 우린 이요르를 위해 나뭇가지로 '푸 모퉁이'에 이요르의 집을 짓는 거지."

"저쪽으로 돌아가면, 숲 반대편에 나뭇가지가 한 무더기 있던데. 내가 봤어. 아주아주 많아. 전부 차곡차곡 쌓여 있고."

"고마워, 피글렛. 방금 네가 해준 이야기는 우리한테 엄청난 도움이 될 거야. 그렇다면 이곳의 이름을 '푸와 피글렛 모퉁이'라고 불러도 괜찮을 것 같아. '푸 모퉁이'가 더 근사하게 들리지만 않는다면 말이야. 하지만 '푸 모퉁이'가 더 근사하게 들리는 것은 어쩔 수 없는 사실이잖아. 더 작은 느낌이 들고, 훨씬 더 구석 같으니까. 아무튼 같이 가 보자."

그래서 둘은 문에서 내려와 나뭇가지를 날라 오려고 그 숲을 돌아서 반대편으로 갔단다.

크리스토퍼 로빈은 아프리카로 떠났다가 되돌아오느라, 아침나절 내내 집 안에 머물렀단다. 방금 막 보트에서 내려 바깥 날씨가 어떤지 궁금해하고 있던 참이었는데, 누군가가 문을 두드리는 거야. 바로 이요르였어.

크리스토퍼 로빈이 문을 열고 밖으로 나가며 인사했어.

"안녕, 이요르. 너 어떻게 지내니?"

"아직도 눈이 내리고 있어."

이요르가 우울한 목소리로 대답했어.

"정말 그렇구나."

"게다가 꽁꽁 얼어붙을 것처럼 추워."

"그래?"

"그래도 요사이에 지진은 일어나지 않았네."

이요르는 조금 밝은 목소리로 이렇게 덧붙여 말했어.

"무슨 일 있어, 이요르?"

"그런 건 아냐, 크리스토퍼 로빈. 별일은 아닌데…… 혹시 어디서든 집이나, 뭐…… 그 비슷한 거 본 적 없겠지? 그렇지?"

"집이라니…… 무슨 집?"

"그냥 집."

"누가 사는 집을 말하는 거야?"

"나. 적어도 난 그렇다고 생각했어. 하지만 아닌지도 모르지. 어쨌든 모두가 자기 집을 가질 수는 없으니까."

"하지만 이요르, 난 몰랐어……. 늘 생각하기로는 줄곧…….."

"크리스토퍼 로빈, 그게 어떤 건지는 나도 잘 몰라. 하지만 고드름이니 뭐니 하는 것들은 말할 것도 없고, 지금처럼 엄청난 눈이 내리고 하다 보니까, 새벽 세 시에 내가 사는 들판에 서 있으면 남들이 생각하는 것처럼 그렇게 덥지는 않아. 들판이라는 것은 아무래도 닫혀 있지는 않으니까. 네가 내 말이 무슨 뜻인지 알아들었으면 좋겠는데……. 그것 때문에 불편하지 않은 건 아니지만, 전혀 후덥지근하지도 않고 답답하지도 않아."

그러더니 이요르는 커다란 소리로 속삭이듯 이야기를 이어갔어.

"사실은…… 크리스토퍼 로빈, 이건 우리끼리 하는…… 얘기니까…… 아무한테도 말하지 마. 사실은…… 추워."

"아, 이요르!"

"난 혼자 속으로 이렇게 생각하지. 내가 이렇게 추위에 떤다는 것을 남들이 안다면 딱하다고 할 거라고. 걔네들은 머릿속에 든 것도 하나 없고, 어쩌다가 실수로 날아 들어온 회색 솜뭉치뿐이니 생각이란 것도 없겠지만, 만약 앞으로도 여섯 주 정도 그치지 않고 눈이 계속 내리면, 누구 하나쯤은 '새벽 세 시에 이요르가 그렇게 엄청나게 덥지는 않을지도 몰라.'라고 말할 거야. 그러고 나면 그 소문이 퍼져 나가겠지. 그러면

다른 애들도 날 딱하게 여길 테고."

"아, 이요르!"

크리스토퍼 로빈은 벌써 이요르를 딱하게 여기고 있었어.

"네 얘기를 하는 건 아냐, 크리스토퍼 로빈. 넌 다르지. 그래서 결국 난 혼자서 작은 숲 옆에다 직접 집을 지었어."

"정말이야? 굉장한데!"

"정말 굉장한 건 오늘 아침에 내가 나올 때만 해도 그게 거기에 있었는데, 다시 돌아가 보니 집이 흔적도 없이 사라진 거야! 뭐, 어쩔 수 없는 일이지. 그건 그냥 이요르의 집이었을 뿐이니까. 하지만 난 여전히 어찌 된 일인지 궁금하긴 해."

이요르는 자기가 낼 수 있는 가장 침울한 목소리로 말했어.

크리스토퍼 로빈은 가만히 서서 궁금해하기만 하지 않았어. 잽싸게 자기 집으로 들어가서 될 수 있는 대로 빨리 방수 모자를 쓰고, 방수 장화를 신고, 방수 비옷을 챙겨 입었지.

"당장 가서 집을 찾아보자!"

크리스토퍼 로빈이 이요르에게 소리쳤어.

"가끔씩 남의 집을 가져갔다가 도로 갖다 놓는 일도 있잖아? 마음에 들지 않는 점이 있으면 그러더라고. 그때 원래 주인에게 다시 그 집을 돌려주면 오히려 좋은 일이지. 내 말이 무슨 뜻인지 알겠어? 그래서 내가 생각한 건, 우리가 그냥 가서……."

이요르가 말했지.

"어서 가자고!"

크리스토퍼 로빈이 말했고, 둘은 서둘러 길을 나섰어.

잠시 뒤에 크리스토퍼 로빈과 이요르가 소나무 숲 옆에 있는 들판의 구석진 자리에 이르렀는데, 정말로 이요르의 집은 더 이상 그곳에 있지 않았어.

"봐! 나뭇가지가 단 한 개도 남아 있질 않아! 물론 여전히 눈이 이렇게 잔뜩 쌓여 있고, 난 이 눈으로 내가 좋아하는 걸 할 수는 있어. 그러니까 불평해선 안 되겠지."

이요르가 말했어.

하지만 크리스토퍼 로빈은 이요르의 말을 듣고 있지 않았어. 다른 데서 들리는 어떤 소리에 귀를 기울이고 있었거든.

"저 소리 들려?"

크리스토퍼 로빈이 말했어.

"뭐지? 누가 웃고 있나?"

"잘 들어 봐."

둘 다 들려오는 소리에 귀를 기울였지.

눈은 오면 올수록 점점 더 오고, 점점 더 온다고 흥얼거리는 걸걸하면서도 우렁거리는 소리가 들리는가 하면, 사이사이에 '티들리 팜'이라고 추임새를 넣는 조그맣고 높은 목소리가 들렸어.

"저건 푸야!"

크리스토퍼 로빈이 신이 나서 말했어.

"아마도!"

이요르가 말했지.

"그리고 피글렛도 있네!"

신이 난 크리스토퍼 로빈이 다시 외쳤어.

"어쩌면! 지금 필요한 건 훈련된 경찰견이야."

이요르가 말했지.

그런데 갑자기 노랫말이 바뀐 거야!

"우리가 집을 다 지었어~!"

걸걸하면서도 우렁거리는 목소리가 노래했어.

"티들리 팜~!"

찍찍거리는 목소리도 노래했고.

"근사한 집이야~!"

"티들리 팜 ~ !"

"이게 내 집이면 좋겠는데 ~ !"

"티들리 팜 ~ !"

"푸!"

크리스토퍼 로빈이 소리쳐 불렀어.

그러자 문 위에서 노래하던 둘의 소리가 갑자기 멈추는 거야.

"크리스토퍼 로빈이다!"

그러더니 푸가 신이 나서 소리쳤어.

"크리스토퍼 로빈이 우리가 이 나뭇가지를 가져온 곳 부근에 있어."

피글렛도 덩달아 신이 난 듯 말했어.

"가 보자!"

푸가 말했지.

둘은 문 위에서 내려와 잽싸게 소나무 숲 모퉁이를 돌아갔어. 푸는 줄곧 반갑다고 소리를 질러대면서 뛰어갔지.

"어, 이요르도 왔네."

푸가 크리스토퍼 로빈을 껴안고 나서 말했어.

그러고서 푸가 피글렛의 옆구리를 쿡 찌르자, 피글렛도 푸의 옆구리를 쿡 찔렀지.

푸하고 피글렛은 자기들 둘이서 이요르를 위해 몰래 준비한 깜짝 선물이 정말 근사하고 멋지다고 생각하고 있었거든.

"안녕, 이요르!"

푸가 인사했어.

"너도 안녕, 푸 베어. 목요일에는 두 배로 안녕하고."

이요르가 우울한 목소리로 대꾸했어.

푸가 '목요일에는, 왜?'라고 물으려던 참에, 크리스토퍼 로빈이 나서서 이요르가 집을 잃어버린 슬픈 사정을 설명하기 시작했어.

크리스토퍼 로빈의 이야기를 가만히 듣고 있는 푸와 피글렛의 눈이 점점 커져 갔지.

"그게 어디에 있었다고?"

푸가 물었어.

"바로 여기!"

이요르가 대답했지.

"나뭇가지로 만든 집이라고?"

"그래."

"아!"

놀란 피글렛이 자기도 모르게 짧게 외쳤어.

"왜?"

이요르가 물었지.

"난 그냥 '아!'라고 한 거야."

피글렛은 안절부절못하며 둘러댔어. 그러고는 아무렇지 않은 것처럼 보이려고 티들리 팜을 한 번인가 두 번인가 흥얼거렸지. '이제… 우리… 어떻게… 하지…?' 하고 말하듯이 말이야.

"그게 정말 집이었어? 아니, 그러니까 내 말은…… 그 집이 바로 여기에 있었던 게 확실하냐고?"

푸가 물었어.

"그렇다니까!"

이요르는 이렇게 대답하고는 혼자 웅얼거렸어.

"정말 머리가 나쁘다니까. 다 그런 건 아니지만……."

"왜 그래, 푸? 무슨 문제라도 있는 거야?"

크리스토퍼 로빈이 물었어.

"그러니까……."

푸가 머뭇머뭇 말했어.

"사실은…… 이거……."

푸는 계속 머뭇거렸지.

"그러니까 사실은…… 이건……."

푸는 누군가가 자기한테 설명을 아주 잘하지는 못한다고 말하는 것 같아서, 피글렛의 옆구리를 다시 쿡 찌르면서 말했어.

"너도 알겠지만……."

"그게 이런 건데……."

그러자 피글렛이 잽싸게 말을 이어받았지.

"그게 이런 거야."

피글렛이 깊이 생각해 보고 덧붙여 말했어.

"그냥 더 따뜻하거든."

"뭐가 더 따뜻한데?"

크리스토퍼 로빈이 물었지.

"숲 반대편 말이야. 이요르의 집이 있는……."

피글렛이 대답했어.

"내 집이라고? 내 집은 여기에 있었어."

이요르가 말했지.

"아니야. 저 반대편에 있다고!"

피글렛이 단호하게 말했어.

"거기가 더 따뜻하니까……."

푸도 말했지.

"하지만 내가 알기로는……."

이요르가 말했어.

"일단 가서 보자!"

피글렛이 이요르의 말이 끝나기도 전에 얼른 말했어.

그리고 피글렛이 앞장서서 걷기 시작했단다.

"집이 둘이나 있지는 않을 거야. 그렇게 가까이에 말이야."

푸가 말했어.

넷이 숲 모퉁이를 돌아가니, 이요르의 집이 있는 거야. 더없이 편안하고 아늑해 보이는 집이…….

"이 집이야!"

피글렛이 으쓱거리면서 말했어.

"바깥만 있는 게 아니라, 안도 있다고!"

푸도 자랑스레 말했지.

이요르가 안으로 들어갔다가…… 다시 밖으로 나왔단다.

"정말 놀라운걸. 이게 내 집이라니! 난 아까 말했던 그 자리에 집을

지었거든. 그런데 바람이 불어서 집이 여기까지 날아왔나 봐. 바람이
숲 너머로 집을 날려서 이곳까지 보낸 거지. 그래서 예전과 다름없이
서 있는 거야. 사실, 장소로 치면 여기가 좀 더 낫지만 말이야. 그리고
솔직히 말하면, 나도 여기가 더 좋아."

"훨씬 낫지!"

푸하고 피글렛이 입을 모아 말했어.

"이것만 봐도 조금만 수고하면 우리가 무슨 일을 해낼 수 있는지 알 수 있지. 푸, 알겠지? 피글렛, 너도 알겠지? 우선은 머리지만, 그다음은 노력이야. 이걸 봐! 집은 이렇게 짓는 거라니까!"

이요르가 우쭐해하며 말했어.

잠시 후, 셋은 이요르를 그 집에 두고 나왔어. 크리스토퍼 로빈과 푸와 피글렛은 함께 점심을 먹으려고 왔던 길로 되돌아왔고.

오는 길에 푸와 피글렛은 자기들이 저지른 엄청난 실수에 대한 자초지종을 크리스토퍼 로빈에게 들려줬어. 그 얘기를 듣고 크리스토퍼 로빈은 크게 웃음을 터뜨렸지.

그런 다음 셋은 '눈이 올 때 집 밖에서 부르는 노래'를 부르면서 집까지 걸어갔는데, 피글렛은 아직도 자기 목소리에 썩 자신이 없어서인지 중간중간 '티들리 팜'만 외쳐댔단다.

"나도 이게 쉬워 보인다는 건 알아. 하지만 그렇다고 이걸 아무나 다 할 수 있는 건 아냐."

피글렛이 혼자 중얼거렸어.

2
티거가 좋아하는 음식

위니 더 푸는 한밤중에 벌떡 일어나서 귀를 기울였어. 무슨 소리가 들렸거든.

푸는 침대에서 빠져나와 촛불을 켜 들고, 꿀을 넣어 둔 찬장에 누가 들어가려고 하는 건 아닌지 살펴보려고 쿵쿵거리면서 방을 가로질러 갔어. 아무도 없었지. 그래서 다시 쿵쿵거리면서 돌아와서는 촛불을 끄고 침대에 누웠는데, 그때 또다시 아까 났던 그 소리가 들리는 거야.

"피글렛, 너니?"

푸가 물었어. 하지만 아니었어.

"들어와, 크리스토퍼 로빈."

크리스토퍼 로빈도 아니었지.

"그건 내일 얘기하자, 이요르."

푸는 졸린 목소리로 말했어.

하지만 그 소리는 끊이질 않고 계속 들려왔어.

"워로우오로우워로우오로우워로우……."

그게 뭔지 모르지만, 뭔가가 계속 소리를 냈어.

푸는 도저히 잠을 잘 수 없다는 걸 깨닫고는 혼자 중얼거렸어.

"저게 뭐지? 숲에서 들려오는 소리는 아주 많지만, 이건 다른 거야. 으르릉거리는 소리도 아니고, 가르릉거리는 소리도 아니고, 컹컹대는 소리도 아냐. 그렇다고 해서 시 한 편을 읊기 전에 내는 소리도 아니고 말이야. 이건 어떤, 낯선 동물이 내는 소리가 분명해! 게다가 그 동물은 우리 집 문밖에서 소리를 내고 있어. 그러니까 내가 일어나서 그 동물한테 소리를 내지 말라고 말해야겠다."

푸는 침대에서 빠져나와 앞문을 열었어.

"안녕!"

푸는 그게 뭐든, 뭔가가 밖에 있을지도 모르니 일단 인사를 했어.

"안녕!"

그게 뭐든, 뭔가도 인사를 하는 거야.

"아! 안녕!"

푸가 다시 인사했어.

"안녕!"

"아, 거기에 있구나! 안녕!"

푸가 또 인사했어.

"안녕!"

뭔지 모르는 낯선 동물은 이런 인사를 언제까지 계속해야 하는지 의아해하면서 인사했지.

푸는 네 번째로 "안녕!" 하고 말하려다가, 그러지 말아야겠다고 생각하고 대신 이렇게 말했어.

"누구야?"

"나야."

목소리가 대답했지.

"아! 어쨌든 이리로 와."

푸가 말했어.

그래서 뭔가가 이리로 왔고, 촛불 아래에서 뭔가와 푸는 서로를 빤히 쳐다보았어.

"난 푸야."

푸가 말했지.

"난 티거야."

티거가 말했어.

"아!"

이런 동물을 한 번도 본 적 없는 푸가 짧게 탄성을 지르더니 이렇게 물었어.

"크리스토퍼 로빈은 널 아니?"

"물론이지."

티거가 말했지.

"어쨌든 지금은 한밤중이야. 한밤중은 잠을 자기에 딱 맞는 시간이고. 아침에 일어나면 우리 같이 꿀을 먹자. 티거들도 꿀을 좋아하니?"

"티거들은 뭐든 다 좋아해."

티거가 쾌활하게 대답했어.

"그러면 티거들은 바닥에서 자는 것도 좋아하겠지? 난 다시 침대로 갈게. 다른 일들은 아침에 하자. 잘 자."

푸는 침대로 돌아가자마자 깊이 곯아떨어졌단다.

아침에 푸가 일어났을 때 가장 먼저 눈에 들어온 건 티거였어. 티거는 거울 앞에 앉아서 제 얼굴을 들여다보고 있었지.

"잘 잤니?"

푸가 인사했어.

"잘 잤니? 그런데 나하고 똑같이 생긴 애를 발견했어. 난 나 혼자뿐이라고 생각했었는데."

티거도 인사를 한 다음 이어서 말했어.

푸는 침대에서 나와 거울이 뭔지 설명하기 시작했어. 그런데 막 재미있는 부분에 이르렀을 때 티거가 끼어들며 말했어.

"잠깐만! 네 테이블 위로 뭔가가 기어 올라가고 있어."

그러더니 티거는 '워로우오로우워로우오로우워로우…….' 하고 소리를 내지르면서 폴짝 뛰어올라 테이블보의 끝자락을 바닥으로 끌어내리더니, 그 테이블보를 자기 몸에 세 번 칭칭 감고는 반대쪽으로 굴러갔어. 한참 동안 몸을 구르며 엎치락뒤치락하더니 다시 밝은 곳으로 얼굴을 쏙 내밀고는 활기차게 말했단다.

"내가 이긴 거지?"

"이건 내 테이블보야."

푸가 칭칭 감긴 테이블보를 풀어 주며 말했지.

"난 이게 뭔지 궁금했어."

"이건 테이블 위에 까는 거야. 그리고 이 위에 물건을 올려놓지."

"그런데 왜 내가 안 보는 틈을 타서, 나를 물려고 한 거야?"

"난 그런 적 없는데."

푸가 말했어.

"그랬다니까. 내 동작이 너무 빨라서 물리진 않았지만."

티거가 말했지.

푸는 테이블보를 다시 테이블 위에 깔고 나서 그 위에 커다란 꿀단지를 올려놓았어. 둘은 아침을 먹으려고 테이블 앞에 앉았지.

티거는 자리에 앉자마자 꿀을 한입 가득 머금더니…… 천장을 올려다보며 고개를 갸웃거렸어. 그러고는 혀를 굴리며 맛을 살펴보는 소리를 냈다가, 이어서 음미해 보는 소리를 내고, 그다음에는 '여기서 뭘 먹는 거지?' 하고 생각하는 듯한 소리를 내더니, 잠시 후 단호하게 말했어.

"티거들은 꿀을 좋아하지 않아."

"아! 난 티거들은 뭐든 다 좋아하는 줄 알았는데."

푸는 아쉽고 유감스러워하는 것처럼 보이려고 애를 썼지.

"꿀만 빼고 뭐든지 다 좋아해."

40

푸는 티거가 꿀을 좋아하지 않는다는 말을 듣고 기분이 좋아져서, 자기가 아침밥을 다 먹는 대로 피글렛의 집에 데리고 가 주겠다고 말했어. 그러면 거기에서 피글렛의 꾸토리(꿀을 좋아하는 푸는 도토리를 발음할 때 늘 헷갈려서 '꾸토리'라고 발음하곤 한다. — 옮긴이)를 먹어 볼 수 있을 거라고 하면서 말이야.

"고마워, 푸. 꾸도리는 티거들이 아주 좋아하는 음식이거든."

티거가 말했어.

푸가 아침밥을 먹고 난 다음 둘은 피글렛의 집으로 향했어. 푸는 걸어 가는 동안, 아주 작은 동물인 피글렛은 통통 뛰는 걸 좋아하지 않는다고 말해 줬어. 그러면서 처음 만났을 때만이라도 너무 뛰어다니지 말아 달라고 부탁했지.

티거는 나무 뒤에 숨어 있다가 푸의 그림자가 자기를 보지 않으면 폴짝 뛰어나와 그림자 밟기를 반복했어. 그러면서 티거들은 아침밥을 먹기 전에만 통통 뛸 뿐, 꾸토리를 몇 개 먹고 나면 곧장 조용하고 얌전 해진다고 말했어. 그렇게 얼마 가지 않아 피글렛의 집 앞에 도착한 둘은 문을 똑똑 두드렸단다.

"안녕, 푸."

피글렛이 말했어.

"안녕, 피글렛. 얘는 티거야."

"아, 그래?"

피글렛은 그렇게 말하더니, 테이블을 빙 돌아 반대편으로 옮겨가면서 말했어.

"난 티거들은 몸집이 좀 더 작은 줄 알았는데."

"큰 티거들은 작지 않아."

티거가 말했어.

"티거들은 꾸토리를 좋아한대. 그래서 우리가 여기에 온 거야. 가엾은 티거가 아직 아침밥을 못 먹었거든."

푸가 말했지.

"자, 많이 먹어."

피글렛이 꾸토리가 담긴 그릇을 티거 앞으로 밀어주었어.

피글렛은 푸 곁으로 바짝 붙어 서더니, 훨씬 용기가 생겼는지 심드렁한 투로 말했어.

"그러니까 네가 티거라는 거지? 그래, 그렇구나!"

하지만 티거는 아무 대답도 하지 않았어. 꾸토리를 입안 가득 물고 있었거든…….

한참 동안 우적우적 소리를 내며 꾸토리를 씹던 티거가 말했어.

"이어드어 오오이 오아아이아."

"뭐라고?"

티거의 웅얼대는 소리에 푸하고 피글렛이 동시에 물었지.

"아깡스아."

티거는 이렇게 말한 다음 잠깐 밖으로 나갔어. 그러더니 다시 들어와서 단호한 말투로 말했어.

"티거들은 꾸토리를 좋아하지 않아."

"네가 꿀만 빼고 뭐든 다 좋아한다고 했잖아."

푸가 말했어.

"꿀하고 꾸토리만 빼고 뭐든지 다야."

이 말을 듣고 푸는 "아, 그렇구나!"라고 말했고, 피글렛은 티거들이 꾸토리를 좋아하지 않는다는 말에 기분이 좋아져서 이렇게 말했단다.

"엉겅퀴는 어때?"

"엉깅퀴? 엉깅퀴는 티거들이 가장 좋아하는 거야."

티거가 말했어.

"그럼 같이 이요르한테 가 보자."

피글렛이 말했지.

그래서 푸와 피글렛, 티거는 집을 나섰어. 걷고 또 걷고 또 걸어서, 마침내 이요르가 있는 숲의 한편에 도착했단다.

"안녕, 이요르! 얘는 티거야."

푸가 말했어.

"뭐라고?"

이요르가 말했어.

"얘 말이야……."

푸와 피글렛이 동시에 설명하자, 티거는 아무 말도 하지 않은 채 엄청 행복해 보이는 미소만 지어 보였어.

이요르는 티거 주위를 한 바퀴 빙 돌더니, 다시 반대 방향으로 한 바퀴를 빙 돌았어. 그러더니 이렇게 물었어.

"뭐라고 했지?"

"티거."

"아!"

이요르가 짧게 외쳤어.

"티거는 방금 막 왔어."

피글렛이 설명했어.

"아!"

이요르는 다시 짧게 외치더니, 한참 동안 생각에 잠긴 듯했어. 그러더니 이렇게 물었지.

"언제 갈 건데?"

푸는 이요르한테 티거가 크리스토퍼 로빈의 좋은 친구이며 숲에 살러 왔다고 설명했고, 피글렛은 티거한테 '이요르는 언제나 우울하니까 이요르가 하는 말은 신경 쓰지 않아도 된다.'고 말했지. 이요르는 피글렛한테 그 말과는 반대로 오늘 아침은 유난히 기분이 좋다고 설명했고, 티거는 아무나 들으라는 듯 자기는 아직 아침밥을 못 먹었다고 말했어.

"그러니까 말이지, 티거들은 항상 엉겅퀴를 먹는대. 난 여기에 뭔가가 있다는 걸 알고 있거든. 그래서 우리가 너한테 온 거야, 이요르."

푸가 말했지.

"됐으니까 그만해, 푸!"

이요르가 말했어.

"아, 이요르. 내가 널 보고 싶었던 게 아니라는 뜻이 아니고……."

"됐어, 됐어. 그러니까 네가 데려온 줄무늬 새 친구가, 당연한 일이지만…… 그 친구가 아침밥을 먹고 싶다는 말이잖아. 그 친구 이름이 뭐라고 했지?"

"티거."

"그렇다면 이리로 와, 티거."

이요르는 어떤 엉겅퀴보다도 가장 엉겅퀴스러워 보이는 엉겅퀴들이 무성하게 나 있는 곳으로 앞장서서 걸어가더니, 발굽을 흔들어 엉겅퀴를 가리키며 말했단다.

"이 작은 엉겅퀴밭은 내 생일날 먹으려고 아껴 두었던 거야. 하지만 생일이 뭐 별거겠니? 오늘 있다가도 내일이면 다 사라질지 모르는걸. 다 부질없어. 마음껏 먹어라, 티거."

티거는 이요르에게 고맙다고 인사한 다음 조금 불안해하는 얼굴로 푸를 쳐다보았어.

"이게 정말 엉겅퀴야?"

티거가 속삭이듯 작은 목소리로 물었어.

"응, 맞아."

푸가 말했어.

"티거들이 가장 좋아하는 거?"

"그래, 그거야."

"알았어."

그래서 티거는 한입 가득 엉겅퀴를 쑤셔 넣고 우적우적 씹었지.

"아얏!"

티거는 그 자리에 주저앉아서 앞발을 입속에 집어넣었어.

"왜 그래?"

푸가 물었어.

"따가워!"

티거가 웅얼거렸지.

"네 새 친구, 벌에 쏘인 모양이구나."

이요르가 말했어.

티거는 가시를 뽑아내려고 고개를 흔들어대다가 멈추더니, 티거들은 엉겅퀴를 좋아하지 않는다고 설명했단다.

"그러면 왜 싱싱한 엉겅퀴를 뭉개 놓은 거야?"

이요르가 물었어.

"티거들은 꿀이랑 꾸토리만 빼고 뭐든지 다 좋아한다고 말했잖아?"

푸도 말했어.

"그리고 엉겅퀴도 빼야 해."

티거는 이렇게 대답하더니 혀를 내밀고 뱅뱅 돌면서 뛰어다녔어.

푸는 안타까워하는 듯한 표정으로 티거를 바라보았어.

"이제 어떻게 하지?"

푸가 피글렛한테 물었지.

피글렛은 이 질문의 대답을 알고 있었어. 그래서 푸가 묻자마자 당장 크리스토퍼 로빈을 만나러 가야 한다고 말했단다.

"크리스토퍼 로빈은 캥거하고 같이 있을 거야."

이요르가 이렇게 말한 다음 푸한테 다가가더니, 커다란 목소리로 속삭이듯 말했어.

"네 새 친구한테, 운동은 어디 다른 데 가서 하라고 말해 줄래? 난 곧 점심을 먹을 건데, 아직 입도 대지 않은 내 밥이 밟혀서 뭉개지는 건 싫거든. 사소한 일이고, 어쩌면 내가 좀 까탈스럽게 구는 건지도 모르지만…… 다들 자기만의 그만그만한 방식이 있는 거잖아."

푸는 엄숙하게 고개를 끄덕이고는 티거를 향해 말했어.

"같이 가서 캥거를 만나 보자. 캥거는 분명히 너한테 아침으로 줄 만한 걸 많이 가지고 있을 거야."

티거는 마지막 한 바퀴를 돌고 나서 푸와 피글렛한테 다가왔어.

"따가워서 그랬어. 가자!"

티거는 친근하게 활짝 웃으면서 말하더니 쌩하고 출발했지.

푸와 피글렛은 티거 뒤에서 천천히 걸어갔어. 걸어가는 동안에 피글렛은 한마디도 하지 않았단다. 아무것도 생각할 수가 없었거든.

푸도 한마디도 하지 않았어. 시를 생각하고 있었으니까.

푸는 시를 다 생각하고 나서, 읊기 시작했어.

작고 가엾은 티거한테
어떻게 해 줘야 할까?
아무것도 먹지 않는다면,
더는 자랄 수 없을 텐데.

티거는 꿀이랑 꾸토리랑 엉겅퀴를 좋아하지 않아.

맛이 없어서, 또 빳빳한 털이 있어서.

하지만 동들이 좋아하는 맛난 것들은 모두

삼키기 힘들거나

찔리기 쉬운 가시가 너무 많아.

"그런데 티거는 지금도 충분히 크잖아."

피글렛이 말했지.

"사실 그렇게 큰 건 아냐."

"그래도 큰 것 같은데."

푸는 이 말을 듣고 생각에 잠겼다가 혼자 웅얼거리기 시작했어.

그렇지만 티거는 몸무게가

몇 파운드든 몇 실링이든 몇 온스이든

언제나 더 커 보여.

티거는 통통 뛰어다니니까.

(파운드(pound)와 온스(ounce)는 영국 고유의 무게 단위로 1온스는
약 28그램이고, 1파운드는 1온스의 16배인 약 450그램이다. 또한 파운
드는 영국의 화폐 단위이기도 한데, 1파운드는 20실링(shilling)이다.
파운드(pound)의 철자나 발음이 같기 때문에 이를 착각했거나 잘 모르
는 푸가(또는 일부러?) 이렇게 말한 것이다. — 옮긴이)

"여기까지가 다 같은 시야. 피글렛, 맘에 들어?"

푸가 말했어.

"실링 부분만 빼고. 그건 거기에 들어갈 게 아닌 것 같아."

피글렛이 대답했어.

"그 말이 파운드 뒤에 오고 싶어 했단 말이야. 그래서 거기에 넣은 거야. 시를 쓸 때 가장 좋은 방법이 그거거든. 뭐가 오면 오게 그냥 두는 거."

푸가 설명했단다.

"아, 그렇구나. 난 몰랐어."

피글렛이 말했어.

티거는 줄곧 앞에서 통통 뛰어가다가, 가끔씩 뒤를 돌아보며 "이 길이 맞아?" 하고 물었어. 그러다가 마침내 셋은 캥거네 집이 보이는 곳까지 이르렀는데, 이요르의 말대로 크리스토퍼 로빈이 그곳에 있었지.

티거는 크리스토퍼 로빈을 보자마자 그쪽으로 부리나케 달려갔어.

"아! 너 왔구나, 티거! 난 네가 어딘가에 있을 줄 알았어."

크리스토퍼 로빈이 말했어.

"난 숲속에서 이것저것 찾고 있었지. 푸랑 피글렛이랑 이요르는 찾았는데, 아침에 먹을 건 아직 못 찾았어."

티거가 짐짓 뽐내며 말했지.

푸하고 피글렛이 다가와서 크리스토퍼 로빈을 껴안았어. 그러고는 그동안 무슨 일이 있었는지 이야기해 주었단다.

"너도 티거가 뭘 좋아하는지 몰라?"

푸가 물었어.

"잘 생각해 봤다면 알 수 있었을 텐데……. 난 티거가 알고 있을 거라고 생각했는데."

크리스토퍼 로빈이 대답했지.

"나 알아. 세상에 있는 건 뭐든 다 좋아해. 꿀하고 꾸토리만 빼고. 아, 그리고…… 또 그 따가운 건 이름이 뭐였지?"

티거가 말했어.

"엉겅퀴."

"그래, 그것도 빼고."

"아, 그렇다면…… 캥거한테는 티거가 아침으로 먹을 만한 게 있을 거야."

크리스토퍼 로빈이 말했어.

그래서 넷은 캥거의 집으로 들어갔단다.

루는 "안녕, 푸 형.", "안녕, 피글렛 형."이라고 말하더니 "안녕, 티거."라고 두 번이나 말했어. 이 말은 전에 해 본 적이 없는 데다가 발음이 재미있었거든.

넷이서 캥거에게 자기들이 왜 왔는지를 얘기하자, 캥거가 아주 상냥하게 말했어.

"그럼 여기 찬장을 볼래, 티거 아가야. 거기서 네가 좋아하는 게 있는지 찾아보렴."

캥거는 티거가 겉으로는 덩치가 커 보여도 루한테 하듯이 다정하게 대해 줘야 한다는 걸 한눈에 알아챈 거야.

"나도 같이 봐도 될까?"

푸가 말했어. 푸는 슬슬 열한 시가 되었다는 느낌이 오고 있었거든.

푸는 찬장 안에서 작은 연유 캔 하나를 발견했는데, 어쩐지 티거는 연유를 좋아하지 않을 것 같았어. 그래서 푸는 연유 캔을 한쪽 구석에 밀어 놓고서 아무도 가로채 가지 못하도록 옆에서 지키고 서 있었어.

티거도 찬장에 코를 박고 앞발을 휘저으며 살펴봤어. 하지만 아무리 뒤져 보아도 티거들이 좋아하지 않는 것들뿐인 거야.

찬장 속에 들어 있는 것들을 빠짐없이 뒤적거려 보았지만 먹을 만한 게 보이지 않자, 티거가 캥거에게 말했어.

"이젠 어쩌지?"

그런데 그때 캥거와 크리스토퍼 로빈과 피글렛은 모두 루 옆에 빙

둘러서서, 루가 맥아엑스(麥芽 extract, extract of malt. 엿기름의 즙을 농축하거나 가루로 하여 만든 감미료 겸 건강식품. – 옮긴이)를 먹는 걸 지켜보고 있었어.

"꼭 먹어야 돼요?"

루가 말했어.

"자, 루 아가야. 네가 한 약속을 잊어버린 것은 아니지?"

캥거가 다독거리듯이 말했어.

"저건 뭐야?"

티거가 피글렛한테 귓속말로 물었어.

"튼튼해지고 쑥쑥 크라고 먹는 약이야. 그런데 루는 저걸 엄청 싫어……."

피글렛이 대답했지.

피글렛의 대답이 끝나기도 전에 티거가 루 쪽으로 다가갔어. 그러더니 루가 앉은 의자 등 뒤로 몸을 기울이고는 갑자기 혀를 쑥 내밀어 약이 듬뿍 담긴 숟가락을 날름 채 간 거야. 그러자 캥거가 깜짝 놀라 "아!"

하고 외치며 겅중 뛰어올라, 티거의 입속으로 막 사라지려는 숟가락을 움켜잡고서 조심조심 빼냈지. 하지만 맥아엑스는 벌써 사라져 버린 뒤였단다.

"티거, 아가야!"

캥거가 티거를 보며 소리쳤어.

"티거가 내 약을 먹어 치웠어요, 티거가 내 약을 먹어 치웠어요, 티거가 내 약을 먹어 치웠어요~!"

루는 신이 나서 노래까지 불렀어. 루는 티거가 엄청 재미있는 장난을 했다고 생각한 거야.

티거는 천장을 올려다보며 눈을 감고는 혀로 턱을 핥고 또 핥았어. 어쩌다가 입 밖에 묻어 있는 게 있을지도 모르니까 말이야.

그러다 티거가 말간 미소를 지으며 말했어.

"그러니까 이게 바로 티거들이 좋아하는 거야!"

이렇게 해서 그날 이후로 티거가 캥거의 집에 살면서 아침으로도 저녁으로도 간식으로도 맥아엑스를 먹게 된 거란다.

그리고 캥거가 생각하기에, 티거는 좀 더 튼튼해지고 싶어질 때면 식사를 마친 뒤에도 약을 먹듯이 루의 아침밥을 한두 숟가락씩 먹었다는 거야.

그 말을 들은 피글렛이 푸한테 이렇게 말했어.

"하지만 내 생각에 티거는 지금도 충분히 튼튼한 것 같아……."

3
'스몰'을 찾다 함정에 빠진 푸와 피글렛

하루는 푸가 집에 앉아서 꿀단지가 몇 개나 남았는지 세고 있는데, 문을 두드리는 소리가 들렸어.

"열넷. 들어와. 열넷. 아니, 열다섯이었나? 이게 뭐람! 헷갈리잖아."

푸가 문을 열며 말했어.

"안녕, 푸."

래빗이 인사했어.

"안녕, 래빗. 열넷, 아니었나?"

"뭐가?"

"내가 세고 있던 내 꿀단지."

"열넷, 맞아."

"확실해?"

"아니. 그거 중요한 문제야?"

래빗이 물었지.

"그냥 알고 싶어서 그래. 그래야 '꿀단지가 열네 개 남았구나.' 하고 혼자 생각할 수 있거든. 혹시 열다섯 개일 때는 열다섯 개가 남았다고 생각하고. 그러면 마음이 놓이는 것 같아서……."

푸가 쑥스러워하며 말했어.

"그럼 열여섯 개로 해둬. 난 물어볼 게 있어서 왔어. 혹시 어디서든 스몰(small, '작다'는 뜻. - 옮긴이)을 본 적 있어?"

"못 본 것 같은데."

푸가 대답하고 난 뒤에 잠시 더 생각해 보더니 이렇게 물었어.

"스몰이 누구야?"

"내 친구들과 친척들 중 하나야."

래빗이 심드렁하게 말했어.

이 말은 푸한테는 별 도움이 되지 않았어. 래빗한테는 친구들과 친척들이 엄청 많거든. 게다가 그 종류나 크기도 제각각이어서, 스몰을 찾으려면 떡갈나무 꼭대기까지 올라가야 하는지, 미나리아재비 꽃잎을 들춰 봐야 하는지도 알 수 없으니까 말이야.

"난 오늘 아무도 못 봤어. 당연히 '안녕, 스몰!' 하고 인사한 적도 없고. 그런데 스몰을 찾아야 할 일이 있는 거야?"

푸가 말했어.

"일이 있어서 찾는 것은 아냐. 하지만 친구들과 친척들이 어디 있는지 알아 두면 언제든 서로 도움이 되지. 찾아야 할 일이 있든 없든 말이야."

래빗이 말했지.

"아, 그렇구나. 그런데 스몰이 길을 잃은 거야?"

푸가 물었어.

"글쎄……. 오랫동안 스몰을 본 사람이 아무도 없는 걸 보면 아무래도 그런 것 같아."

래빗은 이렇게 말한 다음, 잘난 척하면서 계속 말을 이었단다.

"어쨌든 스몰을 찾는 수색대를 편성하겠다고 크리스토퍼 로빈하고 약속했어. 어서 가자."

푸는 꿀단지 열네 개한테 다정하게 작별 인사를 했어. 속으로는 꿀단지가 열다섯 개면 좋겠다고 생각하면서 말이야. 그런 다음 래빗과 함께 집을 나와 숲속으로 들어갔지.

"자, 이게 수색대야. 내가 편성한……."

래빗이 말했어.

"뭘 했다고?"

푸가 물었어.

"편성했다고. 그 말은…… 그러니까 그건 수색대에서 네가 할 일을 말하는 거야. 모두가 한꺼번에 같은 장소를 찾아볼 수는 없으니까. 그래서 푸, 너는 먼저 여섯 그루 소나무를 수색해. 그런 다음 아울의 집까지 가는 길을 살펴봤으면 해. 그리고 거기에서 날 찾아. 알겠지?"

래빗이 말했지.

"아니, 그러니까……."

푸가 말했어.

"그럼 한 시간쯤 뒤에 아울의 집에서 보자."

"피글렛도 편성했어?"

"전부 다 편성했어."

래빗은 그렇게 말하고 가 버렸는데, 그러고 나서야 푸는 깜빡하고 스몰이 누구인지 물어보지 않았다는 게 기억났어. 스몰이 누군가의 콧등에 눌러앉는 그런 종류인지, 아니면 실수로 밟아 뭉갤 수도 있는 그런 종류인지 물어보지 못한 거야. 래빗에게 물어보기에는 이미 너무 늦었으니까, 일단 피글렛부터 찾아서 자기들이 뭘 찾고 있는지 물어본 다음 살펴보는 걸 시작해야겠다고 생각했어.

"여섯 그루 소나무가 있는 곳에서 피글렛을 찾아봤자 소용없을 거야. 왜냐하면 피글렛은 피글렛만의 특별한 장소에 편성되었을 테니까. 우선 그 특별한 장소부터 찾아봐야겠다. 그런데 거기가 어디일까?"

푸는 혼자 중얼거리면서 머릿속으로 이렇게 정리해 보았단다.

찾아야 하는 순서

1. 특별한 장소 (피글렛을 찾아야 하니까.)

2. 피글렛 (스몰이 누군지 물어봐야 하니까.)

3. 스몰 (스몰을 찾아야 하니까.)

4. 래빗 (내가 스몰을 찾았다고 알려야 하니까.)

5. 다시 스몰 (스몰에게 내가 래빗을 찾았다고 알려야 하니까.)

'순서를 정하고 보니, 오늘은 참 성가신 하루가 될 것 같아.'

푸는 이런 생각을 하면서 터벅터벅 걸음을 옮겼어.

그리고 바로 다음 순간부터, 그날은 정말 성가신 하루가 되고 말았어. 푸는 주변도 살피지 않고 허겁지겁 걸어가다가, 그만 실수로 숲 한구석에서 발을 헛디뎠거든. 푸가 그때 머릿속에 떠올린 생각은 '내가 날고 있어. 아울처럼. 그런데 어떻게 멈추지⋯⋯?'라고 하는 것이었어.

그렇게 생각하는 순간, 푸는 바로 멈춰 섰어.

쿵!

"아야!"

뭔가가 찍찍거렸어.

'이상하네. 내가 진짜로 '아야!' 라고 하지도 않았는데 '아야!' 하고 말하다니.'

푸는 혼자 생각했지.

"도와줘!"

작고 높은 목소리가 말했어.

'또 나야. 그러니까 난 사고를 당했어. 우물 속에 빠졌는데, 목소리가 이렇게 찍찍거리는 소리로 변한 거지. 내가 속으로 뭘 생각하면 말할

준비도 하기 전에 목소리가 먼저 나와 버려. 왜냐하면 내가 속으로는 뭔가를 했거든. 이게 뭐람!'

푸는 생각했지.

"도와줘……. 도와달라고!"

'또야! 내가 하려고도 한 적 없는 말이 나와. 그러니까 아주아주 나쁜 사고를 당한 게 틀림없어.'

그러자 푸는 정말로 자기가 무슨 말을 하려고 하면 정작 말이 나오지 않을 거란 생각이 들었어. 그래서 확인해 보려고 큰소리로 외쳤단다.

"곰돌이 푸가 아주아주 나쁜 사고를 당했다!"

"푸!"

작지만 높은 목소리가 또 들려왔어.

"피글렛이구나! 너 어디에 있어?"

푸가 흥분해서 외쳤지.

"밑에!"

피글렛은 정말로 밑에 있는 것 같은 목소리로 말했어.

"어디 밑에?"

푸가 물었어.

"네 밑에 깔려 있어! 어서 일어나!"

피글렛이 찍찍거렸어.

"아하! 피글렛, 내가 네 위에 떨어진 거야?"

푸는 허둥지둥하며 얼른 몸을 일으켰단다.

"그래, 네가 나한테 떨어졌어."

피글렛이 자기 몸을 구석구석 더듬어 보며 말했지.

"난 그러려고 한 게 아니었는데……."

푸가 안타까워하며 말했어.

"나도 밑에 깔리려고 한 건 아냐. 하지만 이제는 괜찮아, 푸. 그리고 떨어진 게 너라서 정말 다행이야."

피글렛도 다소 서글픈 목소리로 말했지.

"어떻게 된 거야? 여긴 어디고?"

푸가 물었어.

"내 생각에 우리는 구덩이 안에 갇힌 것 같아. 내가 누굴 찾으면서 계속 걷고 있었는데, 어느 순간 뚝 끊겼거든. 잠시 후 여기가 어딘지 보려고 막 일어나는데 뭔가가 내 위에 떨어진 거야. 그게 너였지."

"그랬구나."

"응. 그런데 푸……, 우리가 함정에…… 빠진 것 같지 않아……?"

불안해하면서 말을 이어가던 피글렛이 푸의 곁으로 다가섰어.

푸는 그런 생각은 전혀 해 보지 않았지만 일단 고개를 끄덕였단다.

그런데 문득 언젠가 피글렛이랑 둘이서 헤파럼프들을 잡겠다고 푹 함정을 만들었던 기억이 떠오른 거야. 그제야 이게 어떻게 된 일인지 짐작할 수 있었지. 푸하고 피글렛은 바로 그 헤파럼프 함정에 빠진 거였어! 바로 그렇게 된 거였지.

"헤파럼프가 오면 어떻게 하지?"

그 얘기를 듣고 피글렛이 달달 떨며 물었어.

"아마 헤파럼프가 너는 알아보지 못할 거야, 피글렛. 넌 몸집이 아주 작잖니."

푸가 용기를 북돋워 주려는 듯이 말했어.

"하지만 푸, 너는 알아볼 텐데."

"헤파럼프가 나는 알아보겠지. 나도 헤파럼프를 알아볼 거고."

이렇게 말한 다음, 푸는 곰곰이 생각하다가 말을 이었어.

"헤파럼프와 나는 한참 동안 서로를 보고 있겠지. 그러다가 헤파럼프가 '호~ 호~!'라고 외칠 거야."

헤파럼프가 내는 '호~ 호~!' 소리를 떠올리던 피글렛은 살짝 몸서리를 치며 귀를 씰룩이기 시작했어.

"넌 뭐…… 뭐라고…… 할 건데……?"

피글렛이 물었지.

푸는 뭔가 할 말을 생각해 내려고 애를 썼어. 하지만 아무리 생각해도 헤파럼프가 '호~ 호~!'라고 할 때 내는 것 같은 목소리로 '호~ 호~!'라고 말할 텐데, 거기에 뭐라고 대꾸할지 그럴듯한 대답이 떠오르지 않는 거야.

"난 아무 말도 하지 않을 거야. 난 그냥 뭔가를 기다리는 것처럼 콧노래를 흥얼거리려고."

한참을 생각한 끝에 푸가 말했어.

"그러면 헤파럼프가 다시 '호~ 호~!'라고 할 텐데?"

피글렛이 걱정스럽게 물었어.

"그러겠지."

피글렛은 귀가 어찌나 정신없이 씰룩거리던지, 한쪽 벽에 귀를 대고 진정시켜야만 했단다.

"헤파럼프가 다시 '호~ 호~!'라고 해도, 난 계속해서 콧노래를 흥얼거릴 거야. 그러면 헤파럼프가 당황하지 않을까? 왜냐하면 두 번씩이나 우쭐거리면서 '호~ 호~!'라고 말했는데, 상대방이 콧노래만 흥얼거리고 있다면 왠지 기분이 좋지 않을 테니까. 그래서 세 번째로 '호~ 호~!'라고 하려다가 갑자기…… 그러니까…… 글쎄, 그러니까……."

푸가 말했어.

"뭘?"

피글렛이 물었지.

"그게 아니구나 싶을 거야."

"뭐가 아닌데?"

자기가 무슨 말을 하려는지 알고 있었지만, 머리가 별로 좋지 못한 곰돌이 푸는 적당한 단어가 생각나지 않았어.

"그러니까 그게, 그냥 아닌 거야."

푸가 다시 말했어.

"그러니까 네 말은 '호~ 호~!'라고 해도 소용없다는 뜻이야?"

피글렛이 희망이 생기는지 기대하며 물었지.

푸는 피글렛을 감탄스럽다는 듯이 바라보며, 자기가 하려던 말이 바로 그거라고 말했어. 자기가 계속 콧노래를 흥얼거리면, 헤파럼프도 언제까지나 '호~ 호~!'라고 말하고 있을 수만은 없을 테니까 말이야.

"그렇지만 헤파럼프는 뭔가 딴말을 할지도 몰라."

피글렛이 말했지.

"바로 그거야. 헤파럼프는 '이게 다 뭐지?'라고 말하지 않을까? 그러면 그때 내가 이렇게 말하는 거지. 피글렛, 내가 방금 전에 생각해 낸 건데…… 이건 정말 좋은 생각인 것 같아. 내가 '이건 헤파럼프를 잡으려고 내가 만든 함정이고, 난 헤파럼프가 빠지기를 기다리는 중이야.'라고 대답하는 거야. 그리고 계속해서 콧노래를 흥얼거리면, 헤파럼프는 안절부절못할 것이 분명해."

"푸!"

피글렛이 크게 외쳤어. 이번에는 피글렛이 감탄스럽다는 듯이 바라볼 차례였으니까.

"네 덕분에 우린 살았어!"

"내 덕분에?"

푸는 확신할 수가 없어서 되물었지.

그렇지만 피글렛은 확신하고 있었어. 피글렛은 머릿속으로 푸와 헤파럼프가 말을 주고받는 장면을 상상하고 있었거든.

그런데 피글렛의 표정이 문득 시무룩해졌어. 푸가 아니라 자기가 헤파럼프와 이야기를 나누는 장면이라면 더 근사했을 텐데 하는 생각이 들었던 거지. 물론 피글렛은 푸를 좋아하지만 말이야. 사실, 피글렛이 푸보다는 머리가 좋은 편이거든. 푸가 아니라 자기라면 훨씬 나은 대화를 할 수 있지 않을까 하는 생각도 들었어. 또 그날 저녁에 하루를 되돌아보면서, 마치 헤파럼프가 거기에 없는 것처럼 용감하게 대답하는 자기 모습을 떠올리면 얼마나 만족스러울까 하는 생각도 들었지. 이 모든 것이 지금은 별일 아닌 것처럼 보였으니까. 피글렛은 헤파럼프가 뭐라고 말할지 알 수 있었거든.

헤파럼프: (우쭐대며) "호~ 호~!"

피글렛: (관심 없다는 듯) "트랄 랄 라, 트랄 랄 라!"

헤파럼프: (깜짝 놀라며 자신감 없게) "호~ 호~!"

피글렛: (여전히 더 심드렁하게) "티들 움 툼, 티들 움 툼!"

헤파럼프: (다시 '호~ 호~!'라고 말하려다 어색하게 기침을 하며) "흠흠! 이게 다 뭐지?"

피글렛: (놀라며) "안녕! 이건 헤파럼프를 잡으려고 내가 만든 함정이고, 난 지금 헤파럼프가 빠지기를 기다리는 중이야."

헤파럼프: (무척이나 낙담하며) "아!" (한참 침묵) "확실해?"

피글렛: "응."

헤파럼프: "아!" (불안해하며) "그러니까…… 난 이게 내가 피글렛을 잡으려고 만든 함정인 줄 알았어."

피글렛: (놀라며) "아, 아니야!"

헤파럼프: "아!" (사과하듯이) "그럼…… 내가 잘못 알았나 봐."

피글렛: "그런 것 같네." (예의바르게) "안됐다." (계속해서 콧노래를 흥얼거린다.)

헤파럼프: "그럼…… 그럼…… 난…… 난 이만 가 보는 게 좋을 것 같지?"

피글렛: (심드렁하게 올려다보며) "가려고? 그럼 어디에서든 크리스토퍼 로빈을 만나면 내가 찾는다고 전해 줘."

헤파럼프: (비위를 맞추려고 애쓰면서) "그, 그럴게. 당연하지!" (허둥지둥 달려간다.)

푸: (원래는 그곳에 없는 게 맞지만, 우리는 푸가 없으면 안 된다는 것을 알고 있으므로) "아, 피글렛! 너 정말, 엄청 용감하고 똑똑하다!"

피글렛: (겸손하게) "별 것도 아닌데, 뭘." (그러고 나서 크리스토퍼 로빈이 나타나면 푸는 크리스토퍼 로빈에게 모든 이야기를 들려준다.)

피글렛이 이렇게 행복한 상상에 빠져 있고, 푸가 다시 꿀단지가 열네 개인지 열다섯 개인지 궁금해하고 있는 동안 스몰을 찾는 수색대는 여전히 숲 여기저기를 돌아다니고 있었어.

스몰의 원래 이름은 '베리 스몰 비틀'('아주 작은 딱정벌레'라는 뜻. ─옮긴이)이었지만 어쨌거나 그 친구에게 말을 걸 때면 줄여서 '스몰'이라고들 불렀는데, 누군가가 "진짜 스몰이네!"라고 말할 때 말고는 스몰을 부르는 사람은 거의 없었단다.

스몰은 몇 초 동안 크리스토퍼 로빈과 함께 있다가 운동을 하기 위해서 가시금작화 덤불을 돌기 시작했는데, 돌아올 것이라고 생각했던 방향에서 모습이 나타나질 않았어. 그래서 아무도 스몰이 어디에 있는지 몰랐던 거야.

"아무래도 자기 집으로 가 버린 것 같아."

크리스토퍼 로빈이 래빗한테 말했어.

"스몰이 '안녕, 즐거운 시간을 보내게 해 줘서 고마워.'라고 말했어?"

래빗이 물었지.

"스몰은 그냥 '반가워.'라는 인사만 했는데."

크리스토퍼 로빈이 대답했어.

"하!"

래빗은 이렇게 외친 다음 잠시 더 생각해 보고 다시 물었어.

"스몰이 아주 재미있었고, 갑자기 돌아가게 되어서 미안하다는 편지 같은 것을 남겼어?"

크리스토퍼 로빈이 그건 아닌 것 같다고 했어.

"하!"

래빗이 다시 외치더니, 으스대듯이 말했지.

"이건 심각한 상황이야. 스몰은 길을 잃은 게 분명하다고! 당장 수색을 시작해야 돼."

"푸는 어디 있어?"

크리스토퍼 로빈이 뭔가 딴생각을 하고 있다가 말했어.

하지만 래빗은 이미 가 버리고 없었지.

그래서 크리스토퍼 로빈은 자기 집으로 들어가 그림을 그리기 시작했어. 아침 일곱 시쯤 멀리 산책을 나간 푸의 모습을 그렸지. 그런 다음에는 자기가 사는 집 앞의 나무 꼭대기까지 올라갔다 내려왔어. 그러다가 푸가 지금 뭘 하고 있는지 궁금해져서, 확인해 보려고 숲을 가로질러 걸어갔단다.

얼마 가지 않아, 자갈 캐는 구덩이에 다다른 크리스토퍼 로빈이 그 안을 들여다보았어. 그런데 구덩이 안에 푸와 피글렛이 있지 뭐야. 둘은 크리스토퍼 로빈에게 등을 보이고 엎드린 자세로 행복한 상상에 빠져 있는 모습이었어.

"호~ 호~!"

크리스토퍼 로빈이 불쑥 큰 소리로 외쳤어.

화들짝 놀란 피글렛이 기겁을 하며 십오 센티미터나 펄쩍 뛰어올랐지만, 푸는 여전히 상상에 빠진 채 깨지 않았어.

"헤파럼프가 왔어! 자, 지금이야!"

피글렛이 안절부절못하며 말했어.

피글렛은 단어 하나라도 목구멍에 막혀서 나오지 않는 일이 없도록 속으로 흥얼거려 보고 나서, 유쾌하고 가벼운 느낌으로 노래를 부르기 시작했어. 마치 그 노래가 방금 생각난 것처럼 말이야.

"트랄 랄 라, 트랄 랄 라!"

하지만 주위를 둘러보지는 않았지. 만약 고개를 돌렸다가는 아주 무서운 헤파럼프가 자기를 내려다보고 있는 모습과 마주하게 될 테고, 그러면 부르려던 노래를 까먹고 말 테니까 말이야.

크리스토퍼 로빈은 푸 목소리를 흉내 내면서 노래를 불렀어.

"룸 툼 티들 움 툼!"

언젠가 푸가 이런 노래를 만든 적이 있었거든.

트랄 랄 라, 트랄 랄 라,

트랄 랄 라, 트랄 랄 라,

룸 툼 티들 움 툼.

그래서 이 노래를 부를 때면 크리스토퍼 로빈은 언제나 푸의 목소리로 불렀단다. 그게 노래하고 훨씬 잘 어울리는 것 같았으니까.

'헤파럼프가 틀리게 말했어. 여기서 다시 '호~ 호~!'라고 말했어야 하는데. 내가 대신해 주는 게 좋겠어.'

피글렛이 불안해하며 생각했어.

"호~ 호~!"

피글렛은 조바심하면서도 최대로 사납게 소리쳤지.

"피글렛, 거긴 어떻게 들어갔니?"

크리스토퍼 로빈이 평상시의 자기 목소리로 말했어.

'이건 정말 끔찍한 일이야. 처음에는 푸의 목소리로 말하더니, 이번에는 크리스토퍼 로빈의 목소리를 내잖아. 저건 나를 안절부절못하게 하려고 그러는 거야.'

깜짝 놀란 피글렛이 혼자 생각했지.

"이건 푸를 잡으려는 함정이고, 난 그 속으로 빠지기를 기다리는 중이야. '호~ 호~!' 이게 다 뭐지? 그러고 나서 난 다시 '호~ 호~!'라고 한 번 더 말해."

이제는 완전히 당황해 버린 피글렛이 안절부절못하면서 찍찍거리는 목소리로 재빨리 말했어.

"뭐라고?"

크리스토퍼 로빈이 물었지.

"이건 '호~ 호~!'를 잡으려는 함정이라고. 내가 지금 막 만들었어. 그리고 난 지금 '호~ 호~!'가 오길 기다리는 중이야."

이렇게 말하는 피글렛의 목소리는 쉬어 있었어.

그냥 두면 피글렛이 얼마나 오랫동안 이러고 있을지 모르겠지만, 그때 푸가 꿈에서 깨어나는 것 같았어. 꿀단지가 열여섯 개인 것으로 결정한 다음 그 자리에서 일어난 거지. 푸는 등 한가운데의 애매한 자리에서 뭔가가 몸을 간지럽혀서, 간지러운 걸 없애려고 고개를 돌렸어. 그 순간 푸의 눈에 크리스토퍼 로빈이 들어온 거야.

"안녕!"

푸가 신이 나서 방방 뛰며 소리쳤어.

"안녕, 푸."

크리스토퍼 로빈이 말했어.

피글렛은 위를 올려다보다가 다시 눈길을 돌렸어. 자기 자신이 얼마나 바보 같았는지를 알고는 어이없으면서도 불안하게 느껴졌던 거지. 피글렛은 바다로 도망쳐서 선원이 되는 게 낫겠다고 결심할 뻔했단다. 그런데 그때 문득 뭔가가 언뜻 눈에 들어왔어.

"푸! 네 등에 뭔가가 기어 올라가고 있어."

피글렛이 소리쳤어.

"그런 것 같았어."

푸가 말했지.

"스몰이야!"

피글렛이 외쳤어.

"아, 이게 바로 그거구나. 그렇지?"

푸가 말했어.

"크리스토퍼 로빈, 내가 스몰을 찾았어!"

피글렛이 소리쳤지.

"잘했어, 피글렛."

크리스토퍼 로빈이 말했어.

칭찬을 듣자, 피글렛은 다시 기분이 좋아졌어. 결국 선원이 되겠다는 생각은 없었던 거로 하기로 했지.

푸와 피글렛은 크리스토퍼 로빈의 도움을 받아 구덩이를 빠져나왔고, 셋은 함께 손을 잡고 걸어갔단다.

그리고 이틀 뒤, 래빗은 숲에서 우연히 이요르를 만났어.

"안녕, 이요르. 너 지금 뭘 찾고 있는 거야?"

래빗이 말했어.

"물론 스몰이지. 넌 머리가 어디 간 거야?"

이요르가 말했지.

"아하, 내가 말을 안 했나? 스몰은 이틀 전에 찾았어."

래빗이 말했어.

잠깐 침묵이 흘렀어.

그러다가 이요르가 쓸쓸하게 말했지.

"하, 하! 웃고, 떠들고, 뭐 그렇지. 그냥 넘기면 되니, 사과할 필요 없어. 이런 일은 종종 일어나기 마련이니까."

4
나무 타기에 도전한 티거

어느 날 푸는 이런저런 생각을 하다가, 이요르를 보러 가야겠다고 생각했어. 어제 이후로 이요르를 보지 못했으니까.

푸는 혼자 노래를 흥얼거리며 헤더(heather, 낮은 산이나 황야 지대에 피는 야생화 - 옮긴이) 벌판을 가로질러 갔지. 그러다 갑자기 그저께부터 아울을 보지 못했다는 게 생각났어. 그래서 푸는 가는 길에 100에이커 숲에 잠깐 들러서 아울이 집에 있는지 봐야겠다고 생각했어.

푸는 그렇게 계속 노래를 흥얼거리면서 징검다리가 놓여 있는 시내에 다다랐어. 그런데 세 번째 돌 위에 올라선 순간, 캥거와 루와 티거가 잘 지내고 있는지 궁금해지기 시작한 거야. 셋은 모두 숲의 북서쪽에 살고 있었거든.

"루를 오랫동안 못 봤네. 만약 오늘도 못 보면, 더 오랫동안 못 본 게 될 거야."

푸는 혼자 중얼거렸어.

그래서 푸는 시내 한가운데 놓인 돌 위에 앉아서 어떻게 할까 망설이며, 자기가 지은 또 다른 노래 한 소절을 부르기 시작했단다.

푸가 부른 노래가 이거야.

난 아침 시간을 행복하게 보낼 거야,

루를 만나니까.

난 아침 시간을 행복하게 보낼 거야,

나는 푸니까.

하지만 그건 별로 중요하지 않은 것 같아,

내가 살이 더 찌지 않는다면.

(살이 더 찌지 않더라니까.)

내가 뭘 하든 말이야.

햇볕이 정말 기분 좋게 내리쬐었어. 푸가 한참 동안 올라앉았던 세 번째 돌도 오래 햇볕을 받아 아주 따뜻했지. 푸는 혼자 시냇물 한가운데에 앉아 남은 아침 시간을 온전히 즐겨야겠다고 마음먹었어. 그런데 그때 문득 래빗이 떠올랐어.

"맞다, 래빗. 난 래빗이랑 이야기하는 게 좋아. 래빗은 쓸모 있는 이야기를 많이 하거든. 아울처럼 길고 어려운 단어들은 쓰지 않아. 짧고 쉬운 단어만 쓰지. '점심 먹을래?'라든지 '맘껏 먹어, 푸.'라고 말해. 아무래도 래빗을 만나러 가야 할 것 같아."

래빗을 생각하자, 푸의 머릿속에 또 다른 노래 한 소절이 떠올랐지.

> 아, 나는 래빗의 말투가 좋아.
> 그래, 맞아!
> 그건 엄청 기분 좋은 말투야.
> 단둘이 있을 때 말이야.
> 맘껏 먹으라는 래빗의 말,
> 혹시 입버릇인지는 모르지만
> 그래도 상냥하고 기분 좋은 버릇 같아.
> 푸한테는 그래.

푸는 이 노래를 부른 다음 앉아 있던 돌 위에서 일어나더니, 시내를 되돌아 건너서 래빗네 집으로 출발했어.

하지만 얼마 가지 않아서, 푸는 또 혼자 중얼거리기 시작했어.

"그래, 그런데 래빗이 집에 없으면 어떡하지?"

"아니면, 래빗의 집에서 나오다가 앞문에 몸이 끼이면 어떡하지? 앞문이 별로 넓지 않아서 전에 끼인 적이 있었는데……."

"내가 그때보다 살이 더 찌지 않았다는 건 알지만, 래빗의 집 앞문이 더 좁아졌을지도 모르잖아."

"그러니까 그게 아무래도 만일……."

이렇게 중얼중얼하면서 푸는 서쪽으로 계속 걸어가고 있었어. 아무 생각 없이 말이지……. 그러다 보니 어느새 자기 집 문 앞까지 도로 와 버린 거야.

그리고 이제 열한 시였어.

'뭔가 좀'을 먹을 시간이 된 거지…….

삼십 분이 지나고서, 푸는 언제나 정말로 하려고 했던 걸 하고 있었어. 피글렛네 집으로 '쿵쿵쿵쿵' 걸어가고 있었던 거야.

푸는 걸어가면서 발등으로 입을 훔치고는, 복슬복슬한 털 사이로 솜털 같은 노래를 흥얼거렸어. 이런 노래였지.

난 아침 시간을 행복하게 보낼 거야,
피글렛을 만나니까.
난 아침 시간을 행복하게 보내지 못할 거야,
피글렛을 만나지 못하면.
그건 별로 중요하지 않은 것 같아,
아울이나 이요르를 보지 못한다 해도.

(다른 친구들도 그렇고.)

아울이나 이요르한테 가지 않으려고.

(다른 친구들도 그렇고.)

크리스토퍼 로빈한테도 그렇고.

이렇게 적어 놓고 보니 노래가 별로 좋아 보이지 않지만, 햇살이 밝게 비치는 아침 열한 시 삼십 분에 엷은 황갈색 솜털 사이로 흘러나온 노래라서 푸한테는 여태껏 불렀던 그 어떤 노래들보다 최고로 멋지게 들렸단다. 그래서 푸는 계속해서 그 노래를 불렀어.

피글렛은 자기 집 밖으로 나와 작은 구멍을 파느라고 아주 바빴어.

"안녕, 피글렛."

푸가 인사했어.

"안녕, 푸. 넌 줄 알았어."

피글렛이 깜짝 놀란 듯 폴짝 뛰었다가 인사했지.

"나도 나인 줄 알았는데. 그런데 뭐 하는 거야?"

"꾸토리를 심고 있어, 푸. 이게 자라서 떡갈나무가 되면 우리 집 문밖에 꾸토리가 많이 열릴 테니까, 꾸토리를 구하러 멀리까지 돌아다닐 필요가 없게 될 거야. 무슨 말인지 알겠어, 푸?"

"그렇게 안 되면 어떡해?"

"그렇게 될 거야. 크리스토퍼 로빈이 그렇게 될 거라고 했어. 그 말을 듣고 지금 이걸 심는 거야."

"그럼 내가 우리 집 밖에다 벌집을 심으면, 그게 자라서 벌통이 되는 거야?"

푸가 물었지.

그건 피글렛도 확실히 알 수 없었어.

"그러면 벌집 조각을 하나만 심어 볼까? 벌집을 버릴 수도 있으니까 말이야. 벌집 한 조각을 심으면 벌통 하나를 얻을 수 있겠지? 그런데 그게 잘못된 벌통이 된다면 벌들이 날아와서 붕붕거려도 '꼴'(푸는 '꿀'의 철자를 몰라서 '꼴'이라고 한다. ─ 옮긴이)을 만들지 못할 수도 있겠어. 그럼 곤란하잖아!"

푸가 말했어.

피글렛도 그건 좀 곤란하겠다고 맞장구쳤단다.

"그뿐 아니야, 푸. 방법을 잘 알아야 돼. 방법을 모르면 심는 것도 아주 어려워."

피글렛은 자기가 파 놓은 작은 구멍에 도토리 한 알을 넣고 흙으로 덮었어. 그러고는 그 위로 올라가 폴짝폴짝 뛰었지.

"나도 알지. 크리스토퍼 로빈이 마스터샤룸(Mastershalum, 푸가 멋대로 지어낸 없는 단어. ─ 옮긴이) 꽃 씨앗을 줘서 심어 봤거든. 앞으로

우리 집 문밖이 마스터샤룸 꽃으로 뒤덮일 거야."

푸가 말했어.

"난 나스투리튬(Nasturitium, 한련화. 식용 허브 식물의 일종. – 옮긴이)
꽃이라고 생각했는데."

피글렛이 폴짝폴짝 뛰면서 조심스럽게 말했지.

"아냐. 그건 마스터샤룸 꽃이라고."

푸가 말했어.

"이제 뭘 하지?"

피글렛이 뛰기를 멈추더니 앞발로 이마를 문지르면서 물었어.

"캥거랑 루랑 티거를 보러 가자."

푸가 말했어.

"그, 그래. 가……가자."

피글렛이 머뭇대며 대답했지.

사실 피글렛은 아직도 티거를 보는 게 좀 겁났어. 티거가 통통 뛰는
동물이다 보니까 '반가워.' 하고 인사하면서도 친구의 귀에 모래가 잔뜩
들어가게 하기 일쑤였거든. 심지어는 캥거가 "조심해야지, 티거 아가
야." 하고 타이르면서 넘어진 친구를 부축해서 일으켜 준 다음에도 그랬
으니까. 그러다 보니 피글렛은 티거를 만나러 가는 것이 마냥 즐겁지만
은 않았던 거야.

어쨌든 푸와 피글렛은 캥거의 집으로 출발했어.

캥거는 그날 아침따라 좀 더 엄마다운 일을 해 볼까 하는 마음이

들어, 집 안의 물건들을 살펴보는 시간을 가져야겠다고 생각했어. 루의 조끼가 몇 개인지, 비누가 몇 장이나 남아 있는지, 티거의 밥그릇에 지워야 할 얼룩이 두 군데나 있다든지 하는 것들 말이야. 그래서 캥거는 루가 먹을 물냉이 샌드위치하고 티거가 먹을 맥아엑스 샌드위치를 싸 주고서, 짓궂은 장난 치지 말고 아침나절에 착하게 놀다 오라고 숲으로 내보냈어. 그래서 루와 티거는 숲으로 갔단다.

걸어가면서 티거는 루한테 티거들이 할 줄 아는 것을 하나하나 얘기해 주었어. 루가 궁금해했거든.

"날 수도 있어?"

루가 물었어.

"그럼. 아주 잘 날아. 티거들은 엄청 훌륭한 날기 선수들이거든."

티거가 대답했지.

"우아~! 아울만큼 잘 날아?"

"그럼. 그저 날고 싶어 하지 않을 뿐이야."

"왜 날고 싶어 하지 않는데?"

"글쎄, 어쨌든 티거들은 날기를 그냥 좋아하지 않아."

루는 이해할 수가 없었어. 루는 날 수 있다는 건 정말 멋진 일이라고 생각했거든. 하지만 티거는 티거가 아닌 상대에게 설명하는 것은 쉽지 않다고 말했지.

"그럼 우리 엄마처럼 멀리 뛸 수도 있어?"

루가 물었어.

"그럼. 그러고 싶으면."

"난 뛰는 게 좋아. 너랑 나랑 둘 중에 누가 더 멀리 뛰나 해 보자."

"할 수는 있지만, 지금 여기서 걸음을 멈추면 안 돼. 그러다가 늦는단 말이야."

"뭐에 늦는데?"

"뭐든, 우리가 그 시간에 늦지 않게 가고 싶은 거."

티거는 그렇게 말하면서 서둘러 걸어갔단다.

조금 있다가 둘은 여섯 그루 소나무가 있는 곳에 도착했어.

"난 헤엄칠 수 있어. 강물에 빠졌을 때 내가 헤엄을 쳤거든. 티거들도 헤엄칠 줄 알아?"

루가 물었지.

"그럼. 티거들은 뭐든 다 할 수 있어."

"푸보다 나무도 잘 타?"

루는 가장 높은 소나무 밑에 서서 나무를 올려다보며 물었어.

"나무 타기야말로 티거들이 가장 잘하는 거야. 푸보다 훨씬 잘해."

티거가 대답했어.

"이 나무도 올라갈 수 있어?"

"티거들은 항상 이런 나무에 오르지. 하루 종일 올라갔다가 내려왔다가……."

"우아~! 티거, 정말이야?"

"내가 보여 줄게. 넌 내 등에 올라타서 지켜봐."

티거가 씩씩하게 말했지.

티거들이 이제껏 할 수 있다고 말한 그 모든 일들 가운데서, 그나마 확실하게 할 줄 아는 것이 나무 타기였거든.

그래서 루는 티거의 등에 올라탔고, 둘은 나무를 오르기 시작했어.

"우아~! 티거……! 우아~! 티거……! 우아~! 티거!"

루는 신이 나서 찍찍거렸지.

"자, 계속 올라가자!"

처음 3미터 높이까지 올라가는 동안 티거는 기분 좋게 외쳤어.

"내가 티거들은 항상 나무에 오른다고 말했지."

티거는 다음 3미터를 올라가면서 말했어.

"이건 쉬운 일은 아냐. 알겠지?"

그다음 3미터를 올라가면서는 이렇게 말했지.

"물론 내려가기도 있어. 거꾸로."

다시 또 3미터를 올라갔을 때는 이런 말들을 했어.

"그건 꽤 까다로운 일이 될 거야……."

"여기서 떨어지지 않는다면……."

"그렇게 되면……."

"쉽겠지."

그런데 '쉽겠지.'라는 말을 하는 바로 그 순간, 티거가 밟고 서 있던 나뭇가지가 갑자기 부러졌어. 몸이 꺼진다는 느낌이 올 때 티거는 위쪽 나뭇가지를 간신히 붙잡았고…… 나뭇가지 위로 천천히 턱을 끌어올린 다음…… 뒷발을 하나 올리고…… 또 다른 뒷발을 하나 올리고…… 마침내는 붙잡았던 나뭇가지 위에 걸터앉았어.

티거는 나뭇가지에 앉아서 숨을 가쁘게 몰아쉬며, 나무 타기 말고 차라리 헤엄치기를 하겠다고 했으면 좋았을 걸 하고 생각했어.

루가 티거의 등에서 내려와 옆에 나란히 앉으며, 신이 난 듯 말했어.

"우아~! 티거, 우리 지금 꼭대기까지 온 거야?"

"아니."

"꼭대기까지 갈 거야?"

"아니."

"아!"

루는 실망한 것 같았어. 하지만 다시 기대에 부푼 목소리로 말했지.

"좀 전에는 굉장했어. 네가, 우리가 바닥에 쿵 하고 떨어진 것처럼 했다가 안 떨어진 거 말이야……. 그거 다시 한번 해 주면 안 돼?"

"안 돼!"

티거가 단호하게 대답했어.

루는 잠깐 동안 아무 말도 하지 않다가 다시 입을 열었어.

"티거, 샌드위치 먹을까?"

"그러자. 그런데 어디에 있더라?"

"나무 밑에."

"아직까지는 먹지 않는 게 좋을 것 같아."

그래서 둘은 샌드위치를 먹지 않았단다.

그때쯤에 푸하고 피글렛이 함께 걸어왔어. 푸는 피글렛한테 노래하는 듯한 목소리로, 자기가 살이 더 찌지 않는다고 해도 그건 별로 중요하지 않으며, 자기가 더 살이 쪘다고 생각하지는 않는다고 말했어. 사실은 살이 더 쪘는데 말이야. 피글렛은 자기가 심은 꾸토리에서 싹이 나오려면 얼마나 걸릴까 하고 생각하고 있었고.

그러다가 갑자기 피글렛이 소리쳤어.

"저거 봐, 푸! 소나무 위에 뭔가 있어!"

"정말이네! 동물이 있어."

푸도 소나무 위를 올려다보고, 의아해하며 말했어.

피글렛이 푸의 팔을 잡았어. 푸가 겁먹을지도 모르니까.

"사나운 동물일까?"

피글렛이 딴 곳으로 눈을 돌리며 물었어.

"저건 재귤라(푸가 '재규어(jaguar)'를 잘못 발음함. - 옮긴이)야."

푸가 고개를 끄덕이며 말했지.

"재귤라들은 뭘 하는데?"

피글렛은 재귤라들이 아무 일도 하지 않기를 바라면서 물었어.

"재귤라들은 나뭇가지 사이에 숨어 있다가, 누가 그 밑을 지나가면 그 위로 뛰어내려. 크리스토퍼 로빈이 말해 줬어."

푸가 말했지.

"우린 저 밑으로 가지 않는 게 좋겠어, 푸. 재귤라가 나무에서 뛰어내리다가 다칠지도 모르잖아."

"재귤라들은 자기 몸을 다치게 하지 않아. 재귤라들은 엄청 대단한 뛰어내리기 선수거든."

그래도 피글렛은 엄청 대단한 뛰어내리기 선수 아래를 지나가는 건 잘못된 판단이라고 생각했어. 그래서 깜박 잊어버렸던 뭔가가 생각났다면서 잽싸게 돌아가야겠다고 맘먹었어.

그런데 그때 재귤라가 둘을 보고 소리를 내지르는 거야.

"도와줘! 도와줘!"

"저게 재귤라들이 항상 하는 짓이야. 재귤라들은 '도와줘! 도와줘!' 하고 소리를 치고 나서, 누가 올려다보면 그 위로 뛰어내리거든."

푸는 더 재미있어하며 말했지.

"난 밑을 내려다보고 있어!"

피글렛이 큰 소리로 외쳤어. 혹시라도 재귤라가 잘못된 일을 저지르지 않도록 말이지.

피글렛의 목소리를 들었는지, 재귤라 옆에 앉은 뭔가가 아주 신이 난 듯 찍찍거렸어.

"푸 형이랑 피글렛 형이다! 푸 형이랑 피글렛 형이다!"

갑자기 피글렛은 오늘이 생각보다 훨씬 멋진 날이 될 거라는 생각이 들었단다. 밝고 따뜻한 햇살이 반짝이는…….

"푸! 저건 티거하고 루 같아!"

피글렛이 외쳤어.

"진짜네! 난 재귤라하고 또 다른 재귤라가 같이 있는 줄 알았는데……."

푸가 말했지.

"안녕, 루! 거기서 뭐 하는 거야?"

피글렛이 소리쳐 물었어.

"우린 못 내려가! 못 내려갈 거야! 재미있겠지? 푸 형, 정말 재미있다니까! 티거랑 나랑 나무 위에서 살 거야. 아울 형처럼 말이야. 우린 영원히 영원히 여기서 살 거야. 여기서 피글렛 형의 집이 보여. 피글렛 형, 여기서 형 집이 보인다고! 우리 엄청 높지? 아울 형 집도 이만큼 높아?"

루가 소리쳤어.

"루, 어떻게 거기까지 올라간 거야?"

피글렛이 물었어.

"티거의 등에 업혀서! 그런데 티거들은 아래로 내려가진 못한대. 꼬리가 방해되어서 그렇대. 티거들은 올라가는 거밖에 못 하는데, 처음 나무에 오르기 시작할 때는 깜박 잊고 있다가 방금 전에 생각났대. 그래서 우린 영원히 영원히 여기에 있어야 해……. 더 높이 올라가지 않는다면 말이지. 아까 뭐라고 그랬지, 티거? 아, 티거가 그러는데…… 더 높이 올라가면 피글렛 형의 집이 잘 보이지 않을 거래. 그래서 그만 올라가려고 하는 거야."

"피글렛, 우린 어떻게 해야 할까?"

루가 하는 이야기를 다 듣고 나서 푸가 진지하게 말했어.

그러더니 푸는 티거의 샌드위치를 먹기 시작했단다.

"쟤네들 못 내려오는 거야?"

피글렛이 걱정스레 물었지.

푸가 고개를 끄덕였어.

"푸, 네가 저기까지 올라가면 안 될까?"

피글렛이 물었지.

"올라갈 수는 있지, 피글렛. 올라가서 루는 업고 내려올 수 있을 거야. 하지만 티거는 그렇게 할 수가 없어. 그러니까 뭔가 다른 방법을 생각해 내야 돼."

그러더니 푸는 생각에 잠겨서 루의 샌드위치도 먹기 시작했단다.

푸가 마지막 샌드위치를 먹어 치우기 전에 뭔가를 생각해 냈는지는 나도 몰라. 하지만 푸가 남아 있는 샌드위치 중 하나를 막 집어 들 때, 고사리 덤불 속에서 타다닥 하는 소리가 나더니 크리스토퍼 로빈과 이요르가 어슬렁어슬렁 걸어 나왔어.

"내일 우박이 엄청 많이 쏟아진다고 해도 난 놀라지 않을 거야. 눈보라 뭐 그딴 것들도 상관없어. 오늘 날씨가 맑다는 건 아무 뜻도 없어. 아무런 의…… 그 단어가 뭐더라? 어쨌든 그게 전혀 없어. 그건 그냥 이러저러한 날씨 중 하나일 뿐이야."

이요르가 이런 말을 하고 있었어.

내일 날씨가 어떻든 지금은 내일이 아니니 별 상관없다고 생각하고 있던 크리스토퍼 로빈이 갑자기 "저기 푸가 있어!" 하고 소리쳤어.

"안녕, 푸!"

크리스토퍼 로빈이 인사했어.

"크리스토퍼 로빈이다! 크리스토퍼 로빈이라면 어떻게 해야 할지 알 거야."

피글렛이 말했어.

푸와 피글렛은 크리스토퍼 로빈에게 후닥닥 달려갔단다.

"아, 크리스토퍼 로빈."

푸가 먼저 말을 꺼냈어.

"그리고 이요르."

이요르가 덧붙였지.

"티거하고 루가 소나무 위에 올라가 있는데, 내려오지 못하고 있어. 그래서……."

푸가 말하는 도중에 피글렛이 끼어들었어.

"내가 막 말하려고 했는데, 만약 크리스토퍼 로빈이……."

"그리고 이요르……."

이요르가 다시 덧붙였지.

"여기 있다면, 뭔가 방법을 생각해 낼 수 있을 거야."

피글렛이 하려던 말을 마저 했어.

크리스토퍼 로빈은 티거와 루를 올려다보며 뭔가를 생각해 내려고 애를 썼지.

"내 생각에는…… 이요르가 나무 아래에 서 있으면, 푸가 이요르의 등에 올라서고, 그리고 내가 푸의 어깨 위에 올라서면……."

피글렛이 열심히 설명하는데, 이요르가 불쑥 끼어들었어.

"그러다가 이요르의 등이 갑자기 뚝 부러지면 모두들 웃어대겠지.

하하하! 아주 조용히 웃기긴 했는데, 별 도움이 되지는 않는구나."

"그러니까 내 생각에는……."

피글렛이 차분하게 설명하려는데, 푸가 화들짝 놀라서 물었지.

"이요르, 그렇게 하면 등이 부러진다고?"

"그렇게 되면 정말 흥미진진하겠지. 푸, 나중에 벌어질 일까지는 확실히 알 수 없어서 말이야."

"아!"

푸가 짧게 외쳤고, 넷은 다시 생각하기 시작했어.

"나, 방법이 생각났어!"

갑자기 크리스토퍼 로빈이 외쳤단다.

"잘 들어, 피글렛! 그러면 우리가 뭘 하려는지 알게 될 테니까."

이요르가 말했지.

"내가 외투를 벗을게. 그걸 우리 넷이서 한 귀퉁이씩 붙잡는 거야. 그러면 루랑 티거가 그 위로 뛰어내리는 거지. 외투가 부드럽고 아주 폭신폭신하니까 아무도 다치지 않을 거야."

크리스토퍼 로빈이 설명했어.

"티거를 내려오게 하기, 그리고 아무도 다치지 않기. 이 두 가지만 머릿속에 잘 넣어 둬, 피글렛. 그러면 괜찮을 거야."

이요르가 거들었지.

하지만 피글렛은 듣고 있지 않았어. 피글렛은 크리스토퍼 로빈의 파란색 멜빵을 다시 볼 수 있다는 생각에 잔뜩 들떠 있었거든. 훨씬 어렸을 적에 그 멜빵을 딱 한 번 봤는데, 피글렛은 그 멜빵을 보고 너무 신이 나서 그날 저녁에는 보통 때보다 삼십 분이나 일찍 자야 했단다. 그날 이후로도 피글렛은 그 멜빵이 정말로 자기가 생각하는 것만큼 파랗고 팽팽한지 줄곧 궁금해했어. 그런데 크리스토퍼 로빈이 외투를 벗었을 때 피글렛이 생각한 것과 같이 파랗고 팽팽한 멜빵이 드러나자, 피글렛은 이요르가 다시 친근하고 다정하게 느껴진 거야. 그래서 피글렛은 이요르 곁에 서서 외투 한 귀퉁이를 잡고 행복하게 미소를 지어 보였지.

"난 지금 사고가 일어나지 않을 거라고 말하는 게 아니야. 알겠지? 사고라는 건 참 우습거든. 사고가 나기 전까지는 절대 사고가 나지 않으니까."

이요르가 피글렛에게 미소에 대한 대답으로 소곤거렸어.

루는 자기가 해야 할 일이 뭔지 알아듣고는 몹시 흥분해서 소리쳤지.

"티거, 티거! 우리가 뛰어내려야 해! 내가 뛰어내리는 걸 봐, 티거! 나는 하늘을 나는 것처럼 뛰어내릴 거야. 티거들도 그렇게 할 수 있어?"

그러고 나서 루는 큰 소리로 찍찍거렸어.

"나 지금 내려가요, 크리스토퍼 로빈!"

그리고 루가 뛰어내렸는데…… 외투 한가운데에 정확히 떨어졌어. 얼마나 빠르게 떨어졌던지, 루는 외투에서 되튀어 거의 원래 있던 높이까지 올라가곤 했어. 몇 번이고 튀어 오르면서 루는 "우아~!" 하는 외마디 소리를 계속 질러댔지. 그러다가 마침내 튀어 오르기가 멈추자, 루는 "우아, 정말 굉장했어!" 하고 말했단다.

친구들이 루를 바닥으로 내려주자, 루가 티거를 향해 소리쳤어.

"어서 뛰어내려, 티거! 쉽단 말이야."

하지만 티거는 나뭇가지를 꼭 움켜잡으며 중얼거렸지.

"캥거처럼 잘 뛰는 동물들은 당연히 쉽겠지. 하지만 티거처럼 헤엄치는 동물들은 사정이 아주 다르다고."

티거는 자신이 강물에 드러누워 동동 떠가거나 섬에서 다른 섬으로 물살을 가르며 헤엄치는 모습을 떠올리며, 그거야말로 진짜로 티거다운 삶이라고 생각했어.

"어서 뛰어! 괜찮을 거야."

크리스토퍼 로빈이 소리쳤어.

"잠깐만! 눈에 조그만 나무껍질이 들어갔단 말이야."

티거가 초조하게 말했지.

그러고 나서 티거는 나뭇가지를 따라 느릿느릿 움직였어.

"어서! 어서! 쉽다니까!"

루가 계속 찍찍거렸지.

그때 갑자기 티거는 뛰는 것이 그리 어렵지 않다는 생각이 들었어.

"으악!"

티거가 비명을 지르며 뛰어내리는데, 떨어지는 티거 옆으로 나무가 스쳐 지나가는 듯 보였어.

"조심해!"

크리스토퍼 로빈이 다른 친구들에게 소리쳤어.

요란하게 부딪히는 소리와 찢기는 소리가 나더니, 모두가 땅 위에 한 무더기로 뒤엉켰어.

크리스토퍼 로빈과 푸와 피글렛이 먼저 일어나서 티거를 일으켜 줬는데, 맨 밑에는 이요르가 깔려 있었단다.

"이런! 이요르, 안 다쳤니?"

크리스토퍼 로빈이 소리쳤어.

크리스토퍼 로빈이 다가가 아주 걱정스럽게 이요르의 몸을 살펴보고서, 흙을 털어 주고는 다시 일어나도록 도와주었지.

이요르는 한동안 아무 말이 없었어. 그러다가 입을 열었지.

"티거, 거기 있어?"

티거는 거기 있었고, 벌써 다시 통통 튀고 있었단다.

"응, 티거 여기 있어."

크리스토퍼 로빈이 말했어.

"그래, 나 대신에 티거한테 참으로 고맙다고만 전해 줘."

이요르가 말했지.

5

크리스토퍼 로빈이 아침마다 하는 일

그날은 래빗에게 바쁜 하루가 될 것 같았어. 래빗은 아침에 일어나자마자 대단한 존재가 된 것 같았거든. 마치 모든 게 자기 손에 달린 듯 중요한 임무를 맡은 기분이 들었으니까. 그날은 뭔가를 조직한다든지, 래빗이라고 서명한 안내문을 작성한다든지, 아니면 그 문제를 다른 친구들이 어떻게 생각하는지를 알아보는 일 따위를 하기에 딱 좋은 날이었어. 푸에게 후다닥 달려가서 "아주 좋아. 그럼 내가 피글렛한테 알려 줄게."라고 말하고 나서, 피글렛한테 가서 "푸 생각은……. 하지만 먼저 아울을 찾아가는 게 좋겠어."라고 말하기에 더없이 완벽한 아침이었거든. 그날은 뭔가 대장 역할을 하기에 알맞은 그런 날이었어. 다들 "알았어, 래빗."이라거나 "아냐, 래빗."이라고 대답하며, 래빗이 말할 때까지 기다리는 날 말이지.

래빗은 집 밖으로 나와 코를 벌름거리며 따뜻한 봄날 아침 공기를 마음껏 들이마시고서, 이제부터 뭘 할까 궁리했어. 캥거의 집이 가장 가까웠고, 그 집에는 루가 있었지. 루는 숲에 사는 어느 누구보다도 "알았어, 래빗 형.", "아냐, 래빗 형."이라는 말을 잘하는 싹싹한 친구였어. 그렇지만 얼마 전부터 그 집에는 다른 동물이 하나 더 살고 있잖아. 바로 통통 뛰기를 좋아하는 별난 티거 말이야. 그 티거는 어디 갈때면 길을 알려 주기도 전에 늘 앞장서서 가 버렸고, 마침내 목적지에 도착해서 "다 왔다!" 하고 으쓱해서 말할라치면 이미 눈앞에서 사라지고 난 후인 경우가 대부분이었지.

"아니야. 캥거의 집은 안 되겠어."

래빗은 햇볕을 쬐며 생각에 잠겨 있다가 수염을 돌돌 말면서 중얼거렸어. 그리고 캥거의 집으로 가지 않는다는 걸 다짐하듯 왼쪽으로 방향을 틀었다가 반대편으로 내달렸는데, 그쪽은 크리스토퍼 로빈의 집으로 가는 길이었어.

"어쨌거나 크리스토퍼 로빈은 날 의지해. 크리스토퍼 로빈은 푸하고 피글렛하고 이요르를 좋아하지. 나도 그래. 하지만 그 친구들은 머리가 좋지 않아서 신경 쓰지 않아도 돼. 그리고 아울은 내가 존경하지. '화요일'이라는 글자를 쓸 줄 아는 친구를 존경하지 않을 수 없으니까. 아울이 철자를 정확하게 아는 것은 아니지만, 철자를 정확히 아는 것이 전부는 아니잖아! '화요일'을 철자에 맞게 쓰는 것이 별로 중요하지 않은 날도 있고 말이야. 그리고 캥거는 루를 돌보느라 너무 바쁘고, 루는 너무 어려. 티거는 통통 뛰어다녀서 도움이 되질 않지. 도움이 되기에는 너무 튀거든. 그러니까 아무리 찾아봐도 나 말고는 정말 아무도 없어. 가서 크리스토퍼 로빈이 해야 할 일이 있는지 알아보고, 내가 대신해 줘야겠어. 오늘은 그렇게 뭔가를 하기에 딱 좋은 날이니까."

래빗은 기분 좋게 내달렸어. 잠시 뒤 시내를 건너서 친구와 친척들이 살고 있는 곳에 이르렀지. 그날 아침에는 친구와 친척들이 보통 때보다도 더 많아 복작복작한 것 같았어. 래빗은 너무 바빠서 악수는 못하고, 고슴도치 한두 마리한테 고개를 까딱해 보였지. 그런가 하면 점잖은 척하면서 몇몇에게는 "안녕, 안녕!" 하고 인사를 했고, 몸집이 좀 작은 친구들한테는 다정하게 "아, 거기 있었구나." 하고 말하고는, 어깨너머로 앞발을 흔들어 보이고서 가 버렸어. 래빗이 남기고 간 흥분감과 뭔지 모를 묘한 분위기 때문에 헨리 러시를 비롯한 비틀(비틀은 '딱정벌레'라는 뜻임. ─ 옮긴이)네 가족 몇몇은 곧장 100에이커 숲으로 갔고, 그곳에서 나무에 오르기 시작했단다. 무슨 일이 벌어지든, 그 일이 벌어지기 전에 나무 꼭대기까지 올라가서 제대로 보면 좋겠다고 생각했거든.

래빗은 한달음에 100에이커 숲까지 내달리면서, 점점 더 대단한 존재가 된 기분이었어. 그리고 곧 크리스토퍼 로빈이 살고 있는 나무에 도착했지. 래빗은 문을 두드렸고, 한두 차례 큰 소리로 크리스토퍼 로빈을 불렀어. 그러다 뒤로 물러서서 앞발을 들어 햇빛을 가린 다음 나무 꼭대기를 향해 또 이름을 불러댔지. 그러다가 사방에 대고 "안녕!", "내 말 들리니?", "래빗이야!" 하고 외쳐댔어. 하지만 아무 일도 일어나지 않았어. 그러자 래빗은 가만히 멈춰 서서 주위 소리에 귀를 기울였어. 그와 동시에 주위의 모든 것들도 래빗과 함께 가만히 귀를 기울였단다. 햇살이 내리쬐는 숲은 너무나 고요하고 평화로웠어. 까마득히 높은 저 위에서 종달새 한 마리가 갑자기 노래를 부르기 전까지는 말이야.

"이런! 크리스토퍼 로빈이 밖에 나가고 없잖아."

이렇게 말한 래빗이 다시 초록색 문 앞으로 가서 정말 아무도 없는지 확인하고는 발길을 되돌렸어. 오늘 아침은 완전히 망쳤다고 생각하면서 말이지. 그러다가 땅바닥에 떨어져 있는 종이쪽지를 발견했어. 쪽지에 핀이 꽂혀 있는 걸 보니 문에 붙어 있다가 떨어진 듯했어.

"하! 또 안내문이 있네!"

래빗은 다시 기분이 날아갈 것처럼 좋아졌어.

쪽지에는 이렇게 쓰여 있었지.

바께 나가씀.

고돔.

밥븜.

고돔.

크. 르.

('밖에 나갔음.', '곧 옴.', '바쁨.', '곧 옴.', 그리고 '크리스토퍼 로빈'의 앞글자 '크. 로.'의 철자를 틀리게 쓴 것임. ─ 옮긴이)

래빗은 다시 말했어.

"하! 다른 친구들한테 알려 줘야겠어."

래빗은 중요한 임무를 맡았다는 듯 서둘러 달려갔지.

그곳에서 가장 가까운 집은 아울의 집이었어. 그래서 래빗은 100에 이커 숲에 있는 아울의 집으로 뛰어갔지. 아울의 집 문 앞에서 래빗은 노커(knocker, 현관문에 달린 문 두드리는 고리쇠)를 두드리고 설렁줄(bell pull, 방울이나 종을 당기는 줄)을 잡아당겼어. 그리고 또다시 설렁줄을 잡아당기고 노커를 또 두드렸지.

마침내 아울이 머리를 내밀고 이렇게 말했어.

"저리 가. 난 지금 생각을 하고……. 아, 너였어?"

아울을 만나면 늘 이런 식으로 시작하곤 했어.

래빗이 간단하게 설명했지.

"아울, 너랑 나는 머리를 쓸 줄 알지만 다른 친구들은 솜뭉치밖에 없잖아. 만약 이 숲에서 뭔가 생각해야 할 일이 있다면, 그러니까 생각이란 것을 해야 한다면, 너하고 내가 도맡아야 하지 않겠어?"

"그렇지. 내가 하고 있던 게 그거고……."

아울이 말했어.

"이걸 읽어 봐."

아울은 래빗한테서 크리스토퍼 로빈이 남긴 쪽지를 낚아채서 들여다보았는데, 왠지 초조해하는 것 같았어. 아울은 자기 이름을 '우알'이라고 쓸 줄 알고, '화요일'도 그게 '수요일'이 아니라는 걸 알 수 있도록 쓸 수 있는 데다가, 제법 편안하게 글을 읽을 줄 알았지. 누군가가 어깨 너머로 넘겨다보면서 줄곧 "어떤데……?"라고 묻지만 않는다면 말이 야. 거기다 아울은…….

"어떤데……?"

래빗이 말했어.

"그래, 네가 무슨 말을 하는지 알겠어. 의심의 여지 없이……."

아울이 현명하고 사려 깊은 듯한 표정으로 말했지.

"어떤데……?"

"정확해. 바로 그거야."

아울은 이렇게 대답하더니, 조금 더 생각해 보고 나서 다시 덧붙였어.

"만약 네가 찾아오지 않았다면, 내가 너한테 가야 했을 거야."

"왜?"

래빗이 물었어.

"바로 그 이유 때문이지."

아울은 뭔가 도움이 될 만한 일이 당장 일어나기를 바라면서 말했지.

"어제 아침에도 난 크리스토퍼 로빈을 보러 갔었어. 그런데 집에 없더 라고. 그때도 문에 핀으로 꽂아 둔 안내문이 있었어."

래빗이 진지하게 말했어.

"이것과 같은 안내문이었어?"

"아니, 다른 거였어. 하지만 뜻은 같았어. 참 이상하지."

아울은 쪽지를 다시 들여다보았어. 그리고 바로 그 순간, 아주 잠깐

크리스토퍼 로빈의 등(크리스토퍼 로빈이 'Back soon(곧 옴.)'을 'Backson'
이라고 잘못 적었고, 그것을 아울은 'Back(등)'으로 잘못 이해했다. ― 옮긴이)에
무슨 일이 생겼나 하는 궁금증이 일었지.

"놀랍네. 넌 무슨 일을 했어?"

"아무것도 안 했어."

래빗의 대답에 아울이 신중하게 말했어.

"잘한 일이야."

"어떤데……?"

래빗이 다시 물었어. 아울이 예상한 대로였지.

"틀림없어."

아울은 잠시 아무것도 생각해 낼 수가 없었어. 그러다가 순간 좋은
수가 번뜩 떠올랐지.

"래빗, 첫 번째 안내문에 써 있던 단어들을 정확하게 얘기해 봐. 이건
아주 중요한 문제야. 모든 게 거기에 달려 있다고. 첫 번째 안내문에
적힌 정확한 단어들 말이야."

"이거랑 그냥 똑같았어."

아울은 래빗을 빤히 쳐다보면서, 나무에서 밀어 버리면 어떨까 하고 생각해 보았지. 하지만 그건 나중에 언제든지 할 수 있을 테니, 지금은 둘이 나누던 이야기를 풀어 보기 위해 한 번 더 애를 썼어.

"정확한 단어들을 얘기해 줘, 부탁할게."

아울은 래빗이 아무 말도 한 적이 없었던 것처럼 말했지.

"이 안내문이랑 똑같이 '바께 나가씀, 고돔.'이라고 쓰여 있었어. 그리고 '밥븜, 고돔'이라고만 되어 있었다니까."

아울은 안도의 한숨을 푹 내쉬면서 덧붙여 말했어.

"아! 우린 이제야 얘기가 어디로 가는 건지 알게 된 거야."

"그래? 그러면 크리스토퍼 로빈은 어디로 간 거야? 가장 중요한 건 그거잖아."

래빗이 말했어.

아울은 안내문을 다시 들여다보았지. 아울 정도의 학식이 있다면, 안내문을 읽는 일은 그리 어렵지 않았어. '바께 나가씀, 고돔, 밥븜, 고돔.'은 안내문에서 흔히 볼 법한 단어들이었으니까.

"래빗, 어떤 일이 일어났는지 아주 명확해졌어. 크리스토퍼 로빈은 밖에 나갔는데, '고돔'과 함께 간 거야. 크리스토퍼 로빈하고 '고돔'은 둘 다 바쁜 일이 있는 거고. 래빗, 최근에 숲 근처에서 '고돔'을 본 적 있어?"

아울이 말했지.

"난 모르겠어. 그래서 너한테 물어보러 왔잖아. '고돔'이 어떻게 생겼는데?"

래빗이 물었어.

"그러니까 그건 얼룩무늬가 있고 풀 향이 나는…… 그냥……."

아울이 말했어.

"적어도 그건 정말로 뭐 같은 거냐 하면……. 물론, 나름의 차이가 있는데……."

아울은 말을 이으며 계속 횡설수설했어.

"그러니까 사실은…… 나도 그게 어떻게 생겼는지 몰라."

그러다가 아울은 결국 솔직하게 털어놨어.

"고마워."

래빗이 말했지. 그러고는 서둘러서 푸를 만나려고 뛰어갔단다.

그렇게 멀리 가지 않았을 때 어떤 소리가 시끄럽게 들렸어. 그래서 래빗은 멈춰 서서 귀를 기울였지. 들어 보니, 이런 소리였어.

소 음
― 푸 지음

아, 나비들이 날아다니니,
겨울날은 이제 떠나가네.
달맞이꽃들도 눈에 띄여
저마다 애쓰고 있네.

멧비둘기들은 구구거리고,
나무들은 쑥쑥 키가 커지고,
제비꽃들은 초록색 들판에서
파랗게 피어난다네.

아, 꿀벌들은 조그만 날개에
끈적한 걸 묻히고 윙윙거리네.
다가오는 여름은
재미있을 거라고.

암소들은 구구거리며 우는 것 같고,
멧비둘기들은 음매음매 우는 것 같아.
그래서 푸도 햇볕을 쬐면서
'푸푸' 하는 거라네.

봄이 정말로 오니
노래하는 종달새가 보이고,
초롱꽃이 딸랑거리는 소리도
들을 수 있다네.

뻐꾸기는 구구거리며 울지 않고,
'뻐뻐' 하고 '꾹꾹' 하고 울지.

그리고 푸는 그냥 '푸푸' 하면서,

새처럼 콧노래를 부르지.

"안녕, 푸."

래빗이 인사했어.

"안녕, 래빗."

푸가 꿈꾸는 듯한 소리로 대답했지.

"그 노래, 네가 만든 거야?"

"음, 내가 만들었다고 할 수 있지. 그건 머리를 써서 하는 것이 아니니까."

푸는 겸손하게 말을 이어갔어.

"왜 그런지 너도 알고 있겠지만…… 래빗, 가끔씩 노래가 나를 찾아와."

"아!"

래빗의 경우에는 뭐든 자기를 찾아오도록 기다리기보다는, 늘 자기가 가서 데려오곤 했거든.

"그건 그렇고, 물어볼 게 있어. 너 혹시 숲에서 얼룩무늬가 있고 풀향이 나는 '고돔'을 본 적 있어?"

래빗이 물었어.

"아니, ……본 적 없어. 티거는 좀 전에 봤는데."

푸가 말했어.

"그건 전혀 도움이 안 돼."

"그래, 나도 그럴 것 같았어."

푸가 말했지.

"피글렛은 오늘 만나 봤어?"

래빗이 물었어.

"응. 하지만 그것도 전혀 도움이 안 되겠지?"

푸가 순순히 인정한다는 듯 말했지.

"글쎄…… 그건 피글렛이 뭘 봤느냐에 따라 달라지긴 해."

래빗이 말했어.

"피글렛은 나를 봤지."

푸가 말했어.

래빗은 바닥에 앉아 있던 푸의 옆에 나란히 앉았어. 그러다가 그런 자세로는 중요한 일을 하고 있다는 기분이 별로 들지 않아, 도로 자리에서 일어섰어.

"내가 왜 이런 걸 묻느냐면, 크리스토퍼 로빈이 요즘 아침마다 무슨 일을 하고 있는지 알아내야 하기 때문이야."

래빗이 진지하게 말했어.

"어떤 무슨 일?"

푸가 물었지.

"뭐든 간에. 그러니까 크리스토퍼 로빈이 아침에 뭘 하는지 네가 본 적 있으면 뭐든 말해 줘. 요 며칠 동안 말이야."

래빗이 말했어.

"그래. 어제는 둘이서 아침밥을 같이 먹었어. 여섯 그루 소나무 옆에서. 내가 조그만 바구니에 먹을 것을 담아 갔어.

바구니는 그냥 조금, 그러니까 적당히
큰 바구니인데,

약간 보통으로 큼지막한 바구니야.
거기에 가득⋯⋯."

푸가 말했지.

"알았어, 알았어. 그런데 내가 궁금한 건 그다음이야. 열한 시와 열두
시 사이에 크리스토퍼 로빈이 뭘 하는지 봤냐고?"

래빗이 말했어.

"글쎄, 열한 시에⋯⋯ 열한 시에⋯⋯ 그러니까 너도 알겠지만, 나는
보통 그때쯤엔 집으로 돌아가. 왜냐하면 그때 하나, 아니면 두 개 정도
해야 할 일이 있거든."

푸가 말했지.

"그러면 열한 시 십오 분에는?"

"글쎄……."

"열한시 반에는?"

"응. 반이나…… 아니면 좀 더 지나서였나……. 암튼 그때쯤 크리스토퍼 로빈을 만났던 것 같아."

이렇게 대답한 다음 푸는 골똘히 생각해 봤어. 그러고 보니 요즘 들어 크리스토퍼 로빈을 그렇게 자주 만나지 못했다는 사실이 기억난 거야. 아침나절에는 못 봤어. 오후에는 봤고, 저녁에도 봤지. 아침밥 먹기 전에도 봤고, 아침밥을 먹고 나서도 봤어. 그런데 아침밥을 먹고 나서 크리스토퍼 로빈이 "또 만나, 푸." 하고 말하고는 어디론가 가는 것 같았어.

"바로 그거야. 그런데 거기가 어디야?"

래빗이 물었어.

"뭔가를 찾고 있었던 것 같은데."

"뭘?"

"내가 지금 말하려고 하는 게 바로 그거야. 크리스토퍼 로빈이 찾고 있었던 것이, 그러니까…… 그러니까…….."

"얼룩무늬가 있고 풀 향이 나는 고둠?"

"응. 그것들 가운데에 하나일 수도 있고. 아닐 수도 있지만……."

푸의 대답을 들은 래빗이 심각한 표정으로 푸를 쳐다보았어.

"너는 별로 도움이 안 되는 것 같아."

"그럴 거야. 나는 정말 노력한 건데."

래빗이 핀잔을 주듯 말했지만, 푸는 겸손하게 말했지.

래빗은 푸에게 노력해 줘서 고맙다고 하더니, 이제 이요르를 만나러 가야겠다고 말했어. 그러면서 푸가 같이 가고 싶다면 그래도 괜찮다고 했어. 하지만 푸는 새로운 노래 소절이 찾아오는 느낌이 들어서, 자기는 피글렛을 기다리겠다며 "잘 가, 래빗." 하고 인사를 했지. 그래서 래빗은 그곳을 떠났단다.

하지만 피글렛과 먼저 마주친 건 래빗이었어. 피글렛은 제비꽃 한 다발을 꺾으려고 아침 일찍 일어났어. 제비꽃을 꺾어서 항아리에 꽂아 집 한가운데에 두는데, 문득 아무도 이요르에게 제비꽃을 꺾어 준 적이 없다는 생각이 났어. 생각하면 생각할수록 자기를 위해서 누구도 제비꽃을 꺾어다 준 적이 없는 동물이 된다면 정말 슬플 거라는 생각이 드는 거야. 그래서 피글렛은 서둘러서 다시 밖으로 나갔지. 혹시 잊어버릴까 봐 "이요르, 제비꽃.", "제비꽃, 이요르." 하고 중얼거리면서. 그날은 그런 날이었거든. 피글렛은 제비꽃을 한아름 꺾어 커다란 꽃다발로 만

든 다음 종종거리며 달려갔어. 꽃향기를 맡으니 행복한 기분이 밀려들었지. 이요르가 사는 곳에 도착하기 전까지는 말이야.

"아, 이요르."

피글렛은 좀 불안해하며 말을 걸었어. 이요르는 무척 바빠 보였거든.

이요르는 한쪽 발을 들더니, 다가오지 말라는 듯이 흔들었어.

"내일, 아니면 그다음날에 와."

피글렛은 이요르가 뭘 하는지 보려고 가까이 다가갔어. 이요르는 땅바닥에 나뭇가지 세 개를 놓고 들여다보고 있었어. 그중 두 개는 각각의 한쪽 끝이 맞닿아 있었고, 다른 한쪽은 떨어져 있었어. 나머지 나뭇가지 하나는 그 위에 걸쳐져 있었고. 피글렛은 그것이 어떤 함정일지도 모른다고 생각했어.

"아, 이요르. 난 그냥……."

피글렛이 다시 말을 걸었어.

"꼬마 피글렛이니?"

이요르가 나뭇가지를 여전히 뚫어져라 내려다보며 말했지.

"응. 이요르, 그리고 난……."

"너 이게 뭔지 알아?"

"아니."

"이건 에이(A)야."

"오!"

피글렛이 감탄하듯 짧게 말했어.

"이건 오(O)가 아니라 에이(A)야. 너, 잘 안 들리는 거야? 아니면 네가 크리스토퍼 로빈보다 더 많이 안다고 생각하는 거야?"

이요르가 냉정하게 말했지.

"그, 그래……. 아, 아냐!"

피글렛이 더듬거리면서 재빨리 말을 바꾸고는 이요르에게 다가갔어.

"크리스토퍼 로빈이 에이(A)라고 했으니까 이건 에이(A)야. 누가 밟고 지나가기 전까지는……."

이요르가 단호하게 말했지.

피글렛은 재빠르게 뒤로 폴짝 뛰더니 제비꽃 향기를 맡았어.

"에이(A)가 무슨 뜻인지 아니, 꼬마 피글렛?"

이요르가 물었어.

"아니, 이요르. 난 몰라."

"그건 배움이고, 교육이야. 너랑 푸한테는 없는 모든 것을 의미하지. 그게 에이(A)의 뜻이야."

"아."

피글렛은 또 이렇게 답했다가, 잽싸게 덧붙여 설명했지.

"나는 '그렇구나.'라는 뜻으로 말한 거야."

"내가 너한테 얘기해 주지. 사람들은 이 숲을 오가면서 '그냥 이요르 잖아. 별것 아냐.'라고 말해. 이리 왔다 저리 갔다 하면서 '하하!' 하고 웃기도 하지. 하지만 그들이 에이(A)에 대해 알기나 할까? 몰라. 그들한 테는 이건 그냥 나뭇가지 세 개일 뿐이야. 그러나 교육받은 자들한테 는……. 이건 중요한 얘기야, 꼬마 피글렛. 푸나 너 같은 애들 말고, 교육받은 자들에게 이것은 엄청나게 크고 아름다운 에이(A)란다. 결코 아무나 와서 더럽혀도 되는 나뭇가지 따위가 아니라고."

피글렛은 불안한 듯 뒤로 물러서며, 누가 도와주지 않으려나 하고 주위를 둘러보았어. 그러다가 누군가에게 반갑게 인사를 했지.

"래빗이 왔네. 안녕, 래빗!"

그러자 래빗이 자기는 중요한 임무를 맡고 있는 대단한 존재라는 듯이, 피글렛한테 고개를 까딱해 보였어. 그리고 이삼 분만에 '그럼 갈게.'라고 인사할 것만 같은 목소리로 이요르에게 말했어.

"아, 이요르! 그냥 너한테 뭐 하나만 물어보려고. 요즘 아침마다 크리 스토퍼 로빈한테 무슨 일이 있는 거야?"

"내가 지금 보고 있는 게 뭐지?"

이요르가 여전히 바닥의 나뭇가지들을 바라보며 말했어.

"나뭇가지 세 개."

래빗이 망설임 없이 대답했지.

"내 말이 맞지?"

이요르가 피글렛한테 재빠르게 말하고는, 래빗에게로 돌아서서 무게를 잡으며 말했지.

"이제 네 질문에 대답할게."

"고마워."

래빗이 대답했어.

"크리스토퍼 로빈이 아침마다 뭘 하느냐고? 배워. 교육을 받기 시작했어. 크리스토퍼 로빈은 지식을 탐고('탐구'를 이요르가 잘못 발음하고 있음. ─ 옮긴이)…… 크리스토퍼 로빈이 이렇게 말한 것 같은데, 어쩌면 내가 다르게 말하는 걸 수도 있지만……. 어쨌든 지식을 탐고해. 나도 보잘것없지만 내 나름의 방식으로, 그 단어가 맞는다면, 그러니까…… 나도 크리스토퍼 로빈과 같은 걸 하고 있는 중이야. 예를 들자면, 저건……."

이요르가 말했어.

"에이(A)구나. 그런데 그렇게 멋지진 않네. 어쨌든 나는 돌아가서 다른 친구들한테 알려 줘야겠어."

래빗이 말했지.

"래빗이 뭐라고 했어?"

이요르가 나뭇가지들을 내려다보고 나서, 다시 피글렛을 바라보며 물었어.

"에이(A)라고."

피글렛이 대답했어.

"네가 래빗한테 말해 준 거야?"

"아니, 난 말한 적 없어. 래빗이 그냥 알고 있었던 것 같은데."

"래빗이 알고 있었다고? 이 에이(A)가 래빗도 알고 있었던 글자라는 거야?"

"그래, 이요르. 래빗은 똑똑하잖아. 래빗은 그래."

"똑똑하다고?"

이요르는 나뭇가지 세 개를 마구 짓밟으며 비웃듯이 말했어.

"교육!"

이요르는 쓸쓸하게 외치면서, 이제 여섯 조각이 된 나뭇가지들 위에서 쿵쿵 뛰었어.

"배움이 대체 뭔데!"

이요르는 그렇게 말하며, 이제는 열두 조각 난 나뭇가지들을 걷어차 버렸어.

"래빗도 다 알고 있는걸! 하! 하!"

"내 생각에는……."

피글렛은 조마조마해하며 입을 열었어.

"됐어. 생각 같은 거 하지 마."

이요르가 말을 막았어.

"내 생각에는 제비꽃이 훨씬 예쁘고 멋진 것 같아."

피글렛이 마침내 말했어. 그러고는 자기가 따서 만든 제비꽃 다발을 이요르 앞에 놓고 후다닥 도망치듯 가 버렸어.

다음 날 아침……. 크리스토퍼 로빈의 집 문에는 이런 안내문이 붙어 있었어.

밖에 나갔음.

곧 옴.

크. 로.

이렇게 해서 숲에 사는 모든 동물들은…… 아, 얼룩무늬가 있고 풀 향이 나는 '고돔'만 빼고서…… 크리스토퍼 로빈이 아침마다 무엇을 하는지 알게 되었단다.

6

강물에 빠진 이요르

시냇물이 숲의 바깥 자리에 다다를 무렵에는 물이 많이 불어서 강이나 다름없어 보였어. 이제 '어른'이 된 물은 어린 물일 때처럼 팔짝팔짝 뛰어다니거나 경쾌하게 반짝거리는 대신, 전보다 훨씬 느릿느릿 움직였지. 이젠 어디로 흘러가고 있는지 알기 때문에 혼자서 이렇게 속살거리면서…….

"서두를 필요 없어. 언젠가는 그곳에 닿게 될 테니까."

하지만 숲속의 높은 곳에서 흐르는 꼬마 시냇물들은 이리저리로 열심히 길을 내면서 바쁘게 흘러 다니고 있었지. 너무 늦기 전에 알아내야 할 게 엄청 많았거든.

바깥 지역에서 숲으로 들어올 때는 널따란 길을 따라 들어와야 하는데, 이 길은 차가 다니는 도로만큼이나 넓었어. 그런데 이 길을 따라 숲으로 들어오다 보면 강을 건너야만 했지.

강에는 도로만큼이나 널따란 나무다리가 놓여 있었고, 양편으로는 나무 난간이 세워져 있었어. 크리스토퍼 로빈은 하고 싶으면 난간 윗단에 턱을 괼 수 있었지만, 그보다는 난간 아랫단에 올라서는 걸 훨씬 재미있어했어. 난간 아랫단에 올라서면 난간 위로 몸을 내밀고서 미끄러지듯 천천히 흘러가는 강물을 지켜볼 수 있었거든. 푸도 하고 싶으면 턱을 난간 아랫단에 괼 수 있었지만, 그보다는 엎드려서 고개를 난간 밑으로 들이밀고 저 밑에서 미끄러지듯 천천히 흘러가는 강물을 지켜보는 걸 훨씬 재미있어했지.

그리고 피글렛과 루는 선택하고 말고 할 것도 없이, 푸처럼 하는 것이 강물을 볼 수 있는 유일한 방법이었어. 둘은 너무 작아서 난간 아랫단에도 턱이 닿지 않았으니까. 그래서 푸와 피글렛과 루는 엎드린 채 강물을 지켜보곤 했는데…… 강물은 전혀 급할 것 없다는 듯이 아주 느릿느릿 미끄러지듯 흘러갔단다.

어느 날, 푸는 그 다리 쪽으로 걸어가면서 전나무 열매에 대한 시를 지으려고 애를 쓰고 있었어. 푸가 걸어가는 길에는 양쪽으로 전나무 열매들이 널려 있었는데, 푸가 보기엔 거기에 시가 들어 있는 것 같아서 노래를 부르고 싶었거든. 푸는 전나무 열매 하나를 집어서 들여다보며 이렇게 중얼거렸어.

"이 전나무 열매는 아주 근사한걸. 이 열매랑 잘 어울리는 시가 있을 텐데……."

하지만 아무것도 생각해 낼 수가 없었어. 그런데 갑자기 푸의 머릿속으로 이런 시가 들어온 거야.

참 이상해.

꼬마 전나무 말이야.

아울은 그게 자기 나무라고 하고,

캥거도 그게 자기 나무라고 해.

"이건 말이 안 돼. 캥거는 나무에 살지 않잖아."

푸는 이제 막 다리에 도착했어. 그런데 앞을 잘 보지 않고 걷다가 뭔가에 발이 걸려 넘어졌어. 그 바람에 전나무 열매가 푸의 앞발에서 튕겨 나와 그만 강물로 떨어지고 만 거야.

"이런!"

푸는 전나무 열매가 다리 아래로 느릿느릿 흘러내려 가자, 시가 잘 어울리는 다른 전나무 열매를 구하려고 길을 되돌아가려 했어. 그런데 가만 생각해 보니 전나무 열매를 주우러 가는 것보다 그냥 강물을 바라보는 것이 더 나을 것 같았어. 그날은 평온한 기분이 드는 날이었거든. 그래서 푸는 바닥에 엎드려서 강물을 내려다보았고, 강물은 저 밑에서 미끄러지듯 천천히 흘러가고 있었지. 그런데 갑자기 푸가 떨어뜨렸던 전나무 열매가 느릿느릿 미끄러지듯 떠내려가는 것이 눈에 들어온 거야.

"이상하네. 난 저 열매를 저 반대편에서 떨어뜨렸는데, 이쪽에서 나타나다니! 또 떨어뜨려도 마찬가지일까?"

푸는 이렇게 중얼거리며, 왔던 길로 되돌아가서 전나무 열매 몇 개를 더 주워 왔어.

그런데 정말 그랬어. 아까랑 똑같이 해 보니 계속 마찬가지로 떠오르는 거야. 재미가 생긴 푸는 이번에는 두 개를 동시에 떨어뜨려 보았어. 그런 다음 난간 밑으로 몸을 내밀고서 어느 쪽이 먼저 떠오르는지 지켜보았지. 열매 하나가 먼저 떠올랐는데, 둘 다 크기가 같다 보니 어느 것이 자기가 이기기를 바랐던 그 열매인지 알 수가 없었어.

그래서 그다음에는 커다란 열매 한 개랑 쪼끄만 열매 한 개를 동시에 던졌지. 그랬더니 푸가 생각한 대로 커다란 열매가 먼저 떠올랐고, 푸가 생각한 대로 쪼끄만 열매가 나중에 떠올랐어. 그래서 푸는 두 번을 다 이긴 거야…….

차를 마시려고 집으로 돌아갈 때까지 푸는 서른여섯 번을 이기고 스물여덟 번을 졌어. 그 말은 푸가…… 그러니까 푸가…… 서른여섯에서 스물여덟을 뺀 그 수만큼 해낸 거지. 거꾸로 말고.

푸가 그렇게 처음 생각해 낸 이 놀이의 이름은 '푸 막대기'로 정해졌어. 푸와 친구들은 숲 가장자리에서 종종 이 놀이를 하며 놀았는데, 친구들이 전나무 열매 대신에 막대기를 떨어뜨리는 것으로 바꿨거든. 막대기가 구별하는 것이 더 쉬웠기 때문이지.

하루는 푸랑 피글렛이랑 래빗이랑 루가 '푸 막대기' 놀이를 하고 있었어. 래빗이 "시작!"이라고 말하자, 저마다 막대기를 강물에 던지고 나서 반대편 난간으로 후닥닥 달려갔어. 그런 다음 다 같이 난간에 기대어 서서 누구 막대기가 가장 먼저 떠오르는지 지켜보았지. 그런데 막대기가 떠오를 때까지 시간이 매우 오래 걸렸어. 그날따라 강물이 유난히 여유를 부리면서, 어딘가에 닿든 말든 거의 신경 쓰지 않는다는 듯이 느릿느릿 흐르고 있었거든.

"내 막대기가 보여! 아니, 아니네. 안 보여. 피글렛 형, 막대기 보여? 난 막대기인 줄 알았는데 그게 아니었어. 저기 있다! 아니, 아니네. 푸형, 형 막대기 보여?"

루가 소리쳤어.

"아니."

푸가 말했어.

"내 막대기는 어디 걸렸나 봐. 래빗 형, 내 막대기가 걸렸어. 피글렛 형, 형 막대기도 걸렸어?"

루가 물었어.

"막대기가 떠오르려면 네가 생각하는 것보다 더 오래 걸려."

래빗이 말했지.

"얼마나 오래 걸리는데?"

루가 물었지.

그때 갑자기 푸가 말했어.

"피글렛, 네 막대기가 보여."

"내 건 약간 회색빛이야."

피글렛이 강물로 빠질까 봐 몸을 많이 내밀지 못한 채 말했지.

"그래, 지금 보이는 막대기가 그래. 지금 내 쪽으로 오고 있어."

푸가 다시 말했어.

래빗은 자기 막대기를 찾느라고 아까보다 더 앞으로 몸을 내밀었고, 루는 콩콩콩콩 뛰면서 "어서 와라, 막대기야! 막대기, 막대기, 막대기야!"라고 소리를 지르며 안달을 했어.

피글렛은 엄청 흥분하고 있었어. 지금까지 눈에 띈 건 자기 막대기뿐이니까, 자기가 이기고 있다는 뜻이라고 생각한 거지.

"온다!"

푸가 말했어.

"분명히 내 거 맞아?"

피글렛이 흥분해서 찍찍거리며 물었어.

"응, 회색이거든. 아주 커다란 회색 막대기야. 온다! 아주……
큰…… 회색…… 아, 저런! 그게 아냐. 저건 이요르야."

강물 위에 둥둥 떠 있는 건 이요르였단다.

"이요르!"

모두 소리를 질렀지.

이요르는 매우 침착하고, 무척이나 위엄 있게, 다리를 공중으로 들어
올린 채로 다리 밑에서 떠내려왔어.

"이요르 형이다!"

루가 무지무지하게 흥분해서 소리쳤어.

"그래? 나도 몰랐네……."

이요르는 작은 소용돌이 안으로 휩쓸려 들어가 천천히 세 바퀴를 돌면
서 말했어.

"이요르 형도 놀고 있는 줄은 몰랐어."

루가 말했어.

"놀고 있는 게 아니야."

이요르가 말했지.

"이요르, 거기서 지금 뭐 해?"

래빗이 물었어.

"세 가지 보기를 줄 테니까 맞혀 봐, 래빗. 땅바닥에 구멍 파기? 땡! 어린 떡갈나무에 올라가 이 가지에서 저 가지로 옮겨 다니기? 땡! 강물 속에서 누군가가 나를 건져 주길 기다리기? 딩동댕~! 래빗한테 시간을 줄게. 래빗이라면 언제나 정답을 맞히니까."

이요르가 말했어.

"하지만 이요르! 우리가 뭘 할 수……. 그러니까 내 말은 우리가 어떻게 해야……. 네 생각에는 우리가……."

푸가 속상해하며 말했어.

"그래, 그 셋 가운데 하나가 바로 그거란다. 고마워, 푸."

이요르가 말했지.

"이요르 형이 빙글빙글 돌고 있어."

루가 감탄하며 말했어.

"왜? 그러면 안 돼?"

이요르가 쌀쌀맞게 대꾸했어.

"나도 수영할 줄 알아."

루가 자랑하듯이 말했지.

"빙글빙글 도는 건 못 하잖아. 이게 훨씬 더 어려워. 난 오늘 전혀 수영을 하고 싶지 않았는데……."

이요르는 느릿느릿 계속 돌면서 말을 이어갔어.

"하지만 기왕 들어온 김에 오른쪽에서 왼쪽으로 도는 가벼운 회전 운동을 연습해 보기로 맘먹었지. 이제는……."

다른 소용돌이로 빠져들면서 이요르는 덧붙여 말했어.

"왼쪽에서 오른쪽으로 도는 연습이라고 해야겠군. 지금은 그렇게 되었으니까. 이건 나한테 벌어진 일이니까, 어느 누구도 상관없는…… 내 문제일 뿐이야."

잠깐 동안, 모두들 생각하느라고 아무 말도 하지 않았어.

그러다가 마침내 푸가 입을 열었단다.

"나한테 어떤 방법 같은 게 생각났어. 아주 좋은 생각은 아닌 것 같지만……."

"나도 그럴 것 같다."

이요르가 말했지.

"말해 봐, 푸. 한번 들어 보자."

래빗이 말했어.

"그러니까…… 우리 모두가 강에다가 돌이나 뭐 그런 것들을 던지는 거야. 이요르의 한쪽 옆으로 말이야. 그러면 돌 때문에 물결이 칠 거고, 물결이 치면 이요르가 물결에 쓸려서 반대쪽으로 갈 것 같은데……."

"그거 아주 좋은 생각인데."

래빗의 말에, 푸의 표정이 약간 밝아졌어.

"아주 좋아. 푸, 내가 쓸려가고 싶을 때 너한테 말해 줄게."

이요르가 말했어.

"혹시 잘못해서 이요르가 돌에 맞으면 어떡해?"

피글렛이 조바심을 치며 걱정스럽게 물었어.

"아니면 잘못해서 맞지 않을 수도 있고. 피글렛, 마음먹고 신나게 놀기 전에 모든 가능성을 따져 봐야 해."

이요르가 말했지.

하지만 푸는 벌써 자기가 들 수 있는 가장 커다란 돌을 가져와서는, 앞발로 돌을 잡고서 다리 너머로 몸을 쭉 내밀고 있었단다.

"이요르! 난 돌을 던지려는 게 아니고, 그냥 떨어뜨리려는 거야. 그러니까 난 잘못 맞힐 리가……. 내 말은, 네가 맞을 리가 없다는 거야. 빙글빙글 도는 걸 잠깐만 멈춰 줄 수 있어? 네가 돌고 있어서 내가 좀 헷갈리거든."

푸가 설명했어.

"안 돼. 난 도는 게 좋아."

이요르가 말했지.

래빗은 이제 자기가 앞에 나서서 지휘해야 할 때라는 생각이 들었어.

"자, 푸. 내가 '지금이야!'라고 말할 때 돌을 떨어뜨리면 돼. 이요르, 내가 '지금이야!'라고 말하면, 푸가 돌을 떨어뜨릴 거야."

"정말 고마워, 래빗. 하지만 그건 나도 알 수 있을 것 같아."

이요르가 말했어.

"푸, 준비됐어? 피글렛, 푸한테 조금만 자리를 비켜 줘. 루, 조금만 뒤로 물러나. 준비됐어?"

래빗이 말했지.

"아니."

이요르가 말했어.

"지금이야!"

래빗이 소리치자, 푸가 강물로 돌을 떨어뜨렸어. 첨벙! 물이 요란스럽게 튀었고, 이요르가 사라졌어……

다리 위에서 지켜보던 친구들이 마음 졸이는 순간이었지. 모두들 들여다보고 또 들여다보았어……. 그런데 그때 피글렛의 막대기가 살짝 떠오르더니, 뒤이어 래빗의 막대기도 떠오른 거야. 하지만 그 광경을 보면서도 생각만큼 기쁘지가 않았어.

푸는 슬슬 자기가 돌을 잘못 고른 게 틀림없다는 생각이 들기 시작했어. 아니면 애초에 강을 잘못 골랐을 수도 있고, 그도 아니면 날을 잘못 골라서 이 방법이 먹히지 않는다 싶기도 했어. 그런데 바로 그때 강둑 위로 회색빛 나는 뭔가가 언뜻 나타났다가, 그것이 조금씩 커지고 커지더니…… 마침내 이요르가 모습을 드러낸 거야.

모두들 함성을 지르며 다리에서 내려가, 강둑 위의 이요르를 밀었다가 당겼다가 했어. 곧 이요르는 다시 친구들과 함께 마른 땅 위에 서 있게 되었지.

"아, 이요르. 흠뻑 젖었어!"

피글렛이 이요르를 만져 보며 말했어.

이요르는 몸을 흔들어 물을 털고는, 누구든 피글렛한테 강물 속에 아주 오래 있으면 어떻게 되는지 설명 좀 해 주라고 했어.

"잘했어, 푸. 우리 방법이 정말 좋았어."

래빗이 살갑게 말했지.

"방법이 뭐였는데?"

이요르가 물었어.

"이렇게 너를 강둑으로 밀어내는 방법 말이야."

래빗이 말했지.

"날 밀어냈다고? 날 밀어냈어? 설마 너희가 나를 밀어냈다고 생각하는 건 아니겠지? 난 잠수를 했어. 푸가 나한테 커다란 돌을 떨어뜨리는 바람에 그게 가슴에 떨어지기라도 할까 봐 깊이 잠수했지. 그런 다음에 헤엄쳐서 강둑까지 온 거라고."

이요르가 깜짝 놀라며 말했어.

"푸, 넌 정말 그러지 않았어."

피글렛이 푸를 위로해 주려고 소곤거렸어.

"나도 그러지 않았다고 생각해."

푸가 불안해하며 말했어.

"그냥 이요르가 하는 말일 뿐이야. 난 네가 생각해 낸 방법이 아주 좋았다고 생각해."

피글렛의 말에 푸는 마음이 좀 더 편안해지기 시작했어. 머리가 별로 좋지 않은 곰이다 보니까 뭔가 떠올린 생각이 머릿속에서는 아주 그럴듯하게 느껴지는데, 밖으로 나와서 남들 눈앞에 펼쳐질 땐 전혀 다른 게 되어 버리기도 하거든. 어쨌든 강물 속에 있던 이요르는 잘 빠져나왔고, 푸가 어떤 문제를 일으킨 것도 아니었으니까.

"이요르, 어쩌다가 강에 떨어진 거야?"

래빗이 피글렛의 손수건으로 이요르를 닦아 주며 물었어.

"떨어진 게 아니야."

이요르가 대답했지.

"그런데 왜……?"

"나는 튕겨 나갔어."

"우아~! 누가 민 거야?"

루가 흥분해서 물었어.

"누군가가 나에게 튀어들었어. 난 그저 강가에서 생각을 하고 있었거든. 너희 중 누군가는 생각이란 게 뭔지 알겠지……? 암튼 그때 뭐가 나한테 요란스럽게 튀어든 거야."

"아, 이요르!"

다 함께 소리쳤어.

"미끄러지지 않은 게 확실해?"

래빗이 예리하게 물었지.

"당연히 미끄러졌지. 가파른 강둑에 서 있는데, 누가 뒤에서 냅다 튀어들면 누구라도 당연히 미끄러질 수밖에 없다고. 넌 내가 뭘 어쨌다고 생각한 거야?"

"그런데 누가 그랬을까?"

루가 물었는데, 이요르는 대답하지 않았어.

"티거였을 것 같아."

피글렛이 쭈뼛거리며 말했어.

"그런데 말이야, 이요르. 그건 장난을 친 거였어, 아니면 사고였어? 그러니까 내 말은……."

푸가 말했어.

"나도 계속해서 나한테 질문했어, 푸. 저 강바닥에 가라앉았을 때조차도 '이건 순수한 장난일까, 아니면 아주 우연한 사고일까?' 하고 중얼거리느라 쉬지 않았다고. 물 위로 둥둥 떠오르는 순간 난 '젖었군.' 하는 생각이 들었지. 내 말이 무슨 뜻인지 알겠어?"

이요르가 말했지.

"티거는 어디에 있었는데?"

래빗이 물었어.

이요르가 뭐라고 대답하기도 전에, 친구들 뒤에서 요란스러운 소리가 나더니 덤불 울타리를 헤집고 티거가 나타났어.

"모두들 안녕!"

티거가 쾌활하게 인사했어.

"안녕, 티거."

루도 인사했지.

그때 갑자기 래빗이 목에 잔뜩 힘을 주더니 근엄하게 물었어.

"티거, 방금 무슨 일이 있었던 거지?"

"방금 언제?"

티거가 약간 불안해하며 되물었어.

"네가 이요르에게 뛰어들어 강물에 빠뜨렸을 때 말이야."

"난 그런 적 없는데."

"넌 나한테 뛰어들었어."

이요르가 퉁명스럽게 말했지.

"난 정말 아니야. 내가 기침을 했는데, 어쩌다 보니 이요르가 내 앞에 있긴 했어. 난 '그르르르릉…… 어푸푸푸…… 푸치키츠에취취!'라고 했는데."

"왜 그래? 괜찮아, 피글렛?"

래빗이 넘어진 피글렛을 일으켜서 먼지를 털어 주며 말했어.

"깜짝 놀라서 그랬어."

피글렛이 안절부절못하며 말했어.

"그게 바로 내가 말하는 뛰어든다는 거야. 남들을 갑자기 놀라게 하는 것. 아주 기분 나쁜 습관이지. 난 티거가 숲에서 지내는 건 상관없어. 이 숲은 넓어서 뛰어다닐 공간도 많으니까. 하지만 왜 하필이면 숲속 조그만 모퉁이에 있는 내 자리까지 와서 뛰는지 이해가 안 돼. 그렇다고 내 작은 모퉁이에 뭐 엄청나게 멋진 거라도 있다면 모를까.

물론 춥고, 습하고, 지저분한 데를 좋아한다면 거기가 좀 특별하긴 하지. 하지만 그게 아니라면 그곳은 그저 작은 모퉁이에 지나지 않는다고. 그러니까 누구든지 튀어대고 싶으면……."

이요르가 말했어.

"난 튀어대지 않았어. 기침을 한 거라고."

티거가 뿌루퉁하게 말했어.

"튀어댔든 기침을 했든, 강바닥에 가라앉게 만든 건…… 어차피 그게 그거야."

이요르가 말했지.

"글쎄, 내가 말할 수 있는 건……. 아, 저기 크리스토퍼 로빈이 오니까, 크리스토퍼 로빈이 대신 말해 줄 거야."

래빗이 말했어.

크리스토퍼 로빈은 따뜻한 햇살을 받으며 숲에서 다리 쪽으로 밝고 가벼운 마음으로 내려왔어. 19 곱하기 2가 얼마인지 따위는 전혀 중요하지 않은 것만 같은, 기분 좋은 오후였거든. 크리스토퍼 로빈은 만약에 자기가 다리 난간 아랫단에 올라서서 몸을 내밀고 미끄러지듯 천천히 흘러가는 강물을 보면, 어느 순간 알아야 할 모든 것을 알게 돼서 푸한테 그것을 이야기해 줄 수 있을 거라는 상상을 했어. 푸도 확실히 모르는 것이 몇 가지 있으니까. 하지만 다리에 다다랐을 때 친구들이 전부 그곳에 모여 있는 걸 보고서, 오늘 오후는 자기가 생각했던 오후가 아니라 뭔고 하고 싶어지는 오후라는 걸 알았단다.

"크리스토퍼 로빈, 어떻게 된 일이냐면……. 티거가……."

래빗이 설명하기 시작했어.

"아니야, 난 안 그랬어."

티거가 말했지.

"그래도 어쨌든 내가 거기에 있었잖아."

이요르가 말했어.

"하지만 티거도 그러려고 한 건 아닌 것 같아."

푸가 말했지.

"티거는 그냥 튀는 거야. 티거도 어쩔 수 없을 거라고."

피글렛이 말했어.

"티거, 나한테도 한번 튀어들어 봐. 이요르 형, 티거가 나한테도 해 줄 거야. 피글렛 형, 형 생각에는……."

루가 안달복달하며 말했지.

"자, 됐어. 우리가 한꺼번에 얘기하려고 들면 안 돼. 중요한 건, 크리스토퍼 로빈이 어떻게 생각하느냐는 거야."

래빗이 말했어.

"난 기침만 했어."

티거가 말했지.

"티거가 나한테 튀어들었다고."

이요르가 말했어.

"글쎄, 크게 웃는 거 비슷한 건 했지."

티거가 말했어.

"쉿! 크리스토퍼 로빈은 이 모든 일을 어떻게 생각해? 그게 중요해."

래빗이 앞발을 들며 말했어.

"글쎄, 내 생각에는……."

크리스토퍼 로빈은 이 모든 일이 무엇인지 확실히 모르면서 말했어.

"네 생각에는……?"

다 같이 외쳤어.

"내 생각에는 우리 모두가 '푸 막대기' 놀이를 하는 게 좋을 것 같아."

그래서 모두들 그렇게 했단다. 이 놀이를 한 번도 해 본 적 없는 이요르가 다른 친구들보다도 여러 번 이겼어. 그리고 루는 강물에 두 번 빠졌는데, 첫 번째는 어쩌다가 빠졌지만 두 번째는 일부러 빠진 거였어. 숲에서 캥거가 뛰어오고 있는 걸 보고는 이제 잠자러 가야 할 시간이라는 걸 알고, 일부러 빠졌다니까. 그러자 래빗이 자기도 캥거랑 루랑 같이 가겠다고 했어. 티거하고 이요르도 함께 갔어. 이요르가 티거한테 '푸 막대기' 놀이에서 이기는 방법을 얘기해 주고 싶어 했거든. '막대기를 까딱까딱 흔들다가 약간 젖히듯이 하면서 휙 던지면 돼, 티거. 무슨 말인지 알지 모르겠지만……' 하는 식으로 말이지.

다리 위에는 크리스토퍼 로빈과 푸와 피글렛만 남았어. 셋은 오랫동안 아무 말 없이 미끄러지듯 흘러가는 강물을 내려다보고 있었어. 강물도 조용했지. 이런 여름날 오후에는 강물도 조용하고 평화로운 기분을 느끼는 법이니까.

"티거는 아무 문제도 없어, 정말로."

피글렛이 나른한 목소리로 말했어.

"당연히 티거는 아무 문제가 없지."

크리스토퍼 로빈도 말했지.

"다들 그래, 정말로. 그게 내가 생각하는 거야. 그런데 나는 문제가 좀 있는 것 같아."

푸가 말했어.

"아냐, 당연히 너도 아무 문제가 없어."

크리스토퍼 로빈이 말했단다.

7
티거를 혼쭐내려다 길을 잃은 푸와 친구들

어느 날, 래빗하고 피글렛이 푸의 집 문 앞에 앉아 있었어. 피글렛은 래빗의 이야기를 듣고 있었고, 푸도 그 곁에 같이 앉아 있었어. 나른한 여름날 오후에 숲은 잔잔한 소리로 가득 차 있었는데, 그 소리들은 모두 푸한테 "래빗이 하는 말은 듣지 말고, 내 얘기를 들어 봐."라고 말하는 것 같았어. 그래서 푸는 래빗의 말을 흘려들을 생각으로 눈을 감고서 편안한 자세를 취했지. 그러고는 간간이 눈을 뜨고 "아!"라고 했다가 다시 눈을 감으면서 "맞아." 하고 말해 주기도 했어. 피글렛은 래빗이 가끔씩 "내 말이 무슨 뜻인지 알겠지, 피글렛?" 하고 진지하게 확인하면, 알았다는 걸 보여 주려고 열심히 고개를 끄덕이곤 했단다.

"사실은, 요즘 티거가 너무 튀어서 우리가 티거에게 뭔가 교훈을 주어야 할 것 같아. 그렇게 생각하지 않니, 피글렛?"

래빗이 마침내 얘기를 마무리할 때쯤 티거 이야기를 꺼냈어.

그러자 피글렛은 티거가 너무 통통 튀는 것이 사실이고, 티거를 튀지 않게 하는 방법을 생각해 낸다면 그건 정말 좋은 생각일 거라고 말했어.

"그게 바로 내 생각이야. 푸, 넌 어때?"

래빗이 묻자, 푸가 눈을 번쩍 뜨며 말했어.

"대단히!"

"대단히라니, 뭐가?"

래빗이 물었어.

"네가 말한 거 말이야. 틀림없다고."

푸가 말했지.

피글렛이 푸의 옆구리를 쿡 찔렀어. 푸는 아무래도 자기가 이곳이 아닌 딴 곳에 있다고 느껴져서 느릿느릿 일어나 자기 자신을 살펴봤어.

"그러면 어떻게 해야 해? 어떤 교훈을 줘야 하는 거지, 래빗?"

피글렛이 물었지.

"중요한 게 바로 그거야."

래빗이 대답했어.

푸는 '교훈'이라는 단어를 예전에 어디선가 들어 본 적이 있는 것 같았어.

"저……'트위스팀스'(Twy-stymes. 푸는 '두 배', '두 번'의 뜻인 'two times(투타임스)'를 잘못 발음했다. ─ 옮긴이)라는 게 있잖아. 크리스토퍼 로빈이 언젠가 나한테 그걸 가르쳐 주려고 한 적이 있어. 그런데 그게 안 됐어."

푸가 말했어.

"안 됐다니, 뭐가?"

래빗이 물었지.

"뭐가 안 됐다는 거야?"

피글렛도 물었어.

"나도 몰라. 그냥 안 됐어. 우리가 지금 무슨 얘기를 하고 있었지?"

푸가 고개를 가로저으며 말했어.

"푸, 래빗이 하는 말 안 들었어?"

피글렛이 작은 소리로 핀잔 주듯이 말했어.

"들었어. 하지만 귀에 작은 보풀이 있었단 말이야. 래빗, 다시 한 번만 말해 줄래?"

래빗은 되풀이해서 얘기하는 걸 전혀 귀찮아하지 않았어. 그래서 푸에게 어디서부터 얘기하면 되겠느냐고 물었지. 푸는 자기 귀에 보풀이 일어났을 때부터 해 달라고 대답했고, 래빗은 그게 어느 부분이냐고 물었어. 푸가 제대로 들을 수 없었기 때문에 알 수가 없다고 대답하자,

피글렛이 나서서 자기들이 뭘 하려고 하는 건지 말해 주면서 상황을 정리했어. 셋이 하려고 했던 건 티거의 통통 튀는 버릇을 없앨 방법을 찾으려는 거고, 아무리 티거가 좋아도 티거가 통통 튀어댄다는 건 사실이라고 말이야.

"아, 그렇구나."

푸가 말했어.

"티거가 너무 심하긴 해. 그게 문제야."

래빗이 말했어.

푸는 생각하려고 애를 써 봤지만, 전혀 도움이 되지 않을 것들만 떠오르는 거야. 그래서 푸는 혼자서 아주 조그만 소리로 콧노래를 부르기 시작했지.

> 만약에 래빗이
> 더 컸거나
> 더 뚱뚱했거나
> 더 힘이 셌다면,
> 아니 티거보다
> 더 컸다면 어땠을까.
> 만약에 티거가 더 작았다면,
> 래빗 앞에서 튀어드는
> 티거의 나쁜 습관은
> 문제가 되지 않을 텐데.

만약에 래빗이

키가 더 컸다면 말이야.

"지금 뭐라고 했어? 쓸 데 있는 거야?"

래빗이 물었어.

"아니, 쓸데없어."

푸가 시큰둥하게 대답했지.

"어쨌든 나한테 생각이 있어. 자, 들어 봐. 우리가 티거를 데리고 멀리 탐험을 떠나는 거야. 티거가 한 번도 가 본 적이 없는 어딘가로 말이야. 일단 거기서 티거가 길을 잃어버리게 만들고, 다음 날 아침에 다시 티거를 찾아내는 거야. 그러면 말이지…… 중요한 부분이니까 잘 들어. 티거는 완전히 다르게 변해 있을 거야."

래빗이 말했어.

"왜?"

푸가 물었어.

"왜냐하면 겸손한 티거가 될 테니까. 티거는 슬픈 티거, 울적한 티거, 초라하고 가엾은 티거가 될 테고…… 그리고 '래빗, 너를 만나서 지금 너무 기뻐.'라고 말하는 티거가 될 테니까. 그게 이유야."

래빗이 설명하자, 푸가 다시 물었어.

"나랑 피글렛을 만나도 기뻐할까?"

"물론이지."

래빗이 말했어.

"그거 좋은데."

푸가 말했어.

"난 티거가 계속 슬픈 채로 지내는 건 싫은데."

피글렛이 잘 모르겠다는 듯이 말했어.

"티거들은 계속 슬퍼하며 지내지 않아. 티거들은 깜짝 놀랄 만한 속도로 신속하게 슬픔을 이겨내거든. 내가 혹시나 해서 아울한테 물어봤는데, 티거들은 항상 그렇게 슬픔을 이겨낸대. 하지만 우리가 단 오분 만이라도 티거를 초라하고 슬픈 기분을 느끼게 만들 수 있다면, 그걸로 우리는 좋은 일을 해내는 셈이야."

래빗이 설명했지.

"크리스토퍼 로빈도 그렇게 생각할까?"

피글렛이 물었어.

"그럼. 크리스토퍼 로빈은 '좋은 일을 했구나, 피글렛. 내가 그때 딴 일을 하고 있지 않았으면, 내가 그 일을 했을 텐데. 고마워, 피글렛.'이라고 말할 거야. 물론 푸한테도 마찬가지고."

래빗의 설명을 듣고, 피글렛은 기분이 아주 좋아졌어. 셋이서 티거한테 하려고 하는 일이 좋은 일처럼 여겨졌고, 푸하고 래빗까지 함께한다면 아주 작은 동물이라도 아침에 일어나서 편안한 마음으로 해볼 만한 일이 되리라고 생각했어. 그렇다면 이제 남은 단 한 가지 문제는 '과연 티거가 어디서 길을 잃어버리게 만들까?' 하는 거였지.

"티거를 데리고 북극으로 가는 거야. 북극을 '찾아가는' 것은 아주 긴 탐험이었잖아. 북극을 다시 '안 찾아가는' 것도 티거한테는 아주

긴 탐험이 될 거야."

래빗이 말했어.

이번에는 푸가 기분이 아주 좋아질 차례였어. 북극을 맨 처음 발견한 게 바로 푸였잖아. 북극에 가면 티거는 그곳에서 '북극 발견자, 푸. 푸가 북극을 찾아내다.'라는 표지판을 보게 될 거고, 그러면 티거가 아마 지금까지는 모르고 있었을 곰돌이 푸의 또 다른 모습을 알게 될 테니까. 곰돌이 푸가 바로 그런 곰이었다는 사실을 말이지.

그래서 셋은 다음 날 아침에 출발하기로 약속을 정했어. 그리고 캥거랑 루랑 티거가 사는 집 가까이에 사는 래빗이 티거를 만나 '내일 뭘 할 거냐?'고 물어보기로 했어. 티거가 '아무것도 안 한다.'고 하면, 푸랑 피글렛과 함께 탐험을 같이 가자고 하려고 말이지. 그런데 이때 티거가 '그래.'라고 대답하면 된 거고, '안 돼.'라고 하면…….

"티거는 안 그럴 거야. 나한테 맡겨."

래빗은 이렇게 말한 다음 부지런히 집으로 돌아갔단다.

이튿날은 어제와 완전히 달라져 있었어. 덥고 햇볕이 쨍쨍 내리쬐는 날이 아니라 춥고 안개가 잔뜩 낀 날이었거든. 푸는 날씨가 어떻든 그다지 신경 쓰지 않는 편이지만, 춥고 안개 낀 날이면 꿀벌들이 꿀을 만들지 못한다는 생각에 늘 안타까워했지. 푸가 자기를 데리러 온 피글렛에게 그 얘기를 했어. 그랬더니 피글렛은 그런 생각은 별로 안 들고, 숲 꼭대기에서 길을 잃고 헤매다가 밤새 내려오지 못한다면 얼마나 춥고 슬플까 하는 생각을 하던 중이라고 했단다.

푸와 피글렛이 래빗의 집에 도착하자, 래빗은 오늘이 계획을 실행하기에 적당한 날이라고 말했어. 티거는 언제나 남들보다 앞서서 튀어다니니까, 티거가 보이지 않으면 잽싸게 다른 쪽으로 가 버리자고 했어. 그러면 티거가 다시는 자신들을 보지 못하게 될 거라고 말이야.

"다시는 못 보는 게 아니잖아?"

피글렛이 물었어.

"아, 우리가 다시 티거를 찾을 때까지 말이야, 피글렛. 그게 내일이 됐든, 언제가 됐든. 자, 어서 가자. 티거가 우리를 기다리고 있어."

셋이 캥거의 집에 도착해서 보니 루도 기다리고 있었어. 루는 티거의 단짝 친구였거든. 일이 난처하게 되었지. 하지만 래빗은 앞발로 입을 가리고 푸에게 "나한테 맡겨." 하고 속삭이더니 캥거한테 다가갔어.

"루는 가지 않는 게 좋겠어. 오늘은 안 돼."

래빗이 말했어.

"왜 안 돼?"

듣지 말아야 할 말을 들은 루가 물었어.

"오늘은 날씨가 지독하게 추운 날이거든. 게다가 넌 오늘 아침에 콜록거렸잖아."

래빗이 고개를 절레절레 흔들며 말했어.

"그걸 래빗 형이 어떻게 알아?"

루가 따지듯이 말했지.

"어머, 루! 너 기침한다는 걸 왜 엄마한테 말하지 않았어?"

캥거가 루를 나무랐어.

"비스킷이 목에 걸려서 콜록거린 거예요. 엄마가 말하는 그런 기침이 아니라고요."

루가 말했어.

"오늘은 안 되겠구나, 아가야. 다음에 가렴."

캥거가 말했어.

"내일요?"

루가 기대에 차서 물었지.

"그건 두고 보자꾸나."

캥거가 말했어.

"엄만 맨날 두고 보자고만 하면서, 아무것도 못 하게 하고……."

루는 서럽게 말했어.

"이런 날에는 앞이 제대로 보이지 않아, 루. 우리도 멀리까지 가기는 힘들 거야. 오늘 오후면 우린 모두…… 우린 모두…… 우린……. 아! 티거, 거기 있었구나. 어서 가자. 안녕, 루! 오늘 오후면 우린…… 모두……. 가자, 푸! 다들 준비됐지? 좋아, 어서 가자."

래빗이 말했지.

그래서 그렇게 넷이 길을 떠났어. 처음에는 래빗하고 피글렛하고 푸가 나란히 걷고, 티거가 셋 주위에서 빙글빙글 원을 그리며 뛰어갔어. 그러다가 길이 좁아지자 래빗과 피글렛과 푸는 한 줄로 줄지어 걸어갔고, 티거는 셋 주위에서 길쭉한 동그라미를 그리며 뛰어갔지. 그리고 머지않아 양쪽 길가에서 빼쭉빼쭉 팔을 뻗친 가시금작화가 따끔따끔 찌르기 시작하자, 티거는 셋 앞에서 이쪽저쪽으로 통통 튀어다니다가 가끔씩 래빗에게 튀어들다가 말다가 했어.

숲의 높은 곳으로 올라갈수록 안개가 점점 더 짙어졌는데, 티거는 계속 어디론가 사라졌어. 그러다가 이제 멀어졌나 싶을 때면 다시 나타나서 "자, 어서 가자고." 하고 말했고, 무슨 말을 꺼낼 새도 없이 또 사라졌어.

"다음 번이야. 푸한테 전해."

래빗이 돌아서서 피글렛을 콕 찌르며 말했어.

"다음 번이야."

피글렛이 푸한테 전했지.

"무슨 다음?"

푸가 피글렛한테 물었어.

그때 티거가 불쑥 나타나더니, 래빗한테 튀어들었다가 다시 사라져 버렸어.

"지금이야!"

래빗이 이렇게 외치면서, 길가의 움푹 팬 구덩이로 뛰어들었어. 푸와 피글렛도 래빗을 따라 뛰어들었지. 셋은 고사리 덤불 속에 웅크리고 앉아 귀를 기울였어. 멈춰서 귀를 기울여 보니 숲은 쥐 죽은 듯 고요했어.
아무것도 보이지 않고, 아무것도 들리지 않았지.

"쉿! 조용!"

래빗이 속삭이듯 말했어.

"그러고 있는데."

푸가 대답했어.

그때 타닥타닥하는 발걸음 소리가 나더니, 다시 잠잠해졌어.

"얘들아!"

티거가 친구들을 불렀어.

티거의 목소리가 갑자기 너무 가까이에서 들려와, 평소라면 피글렛이
깜짝 놀라 펄쩍 뛰었을 거야. 그런데 푸가 일부러 그런 것은 아니지만,
마침 피글렛을 깔고 뭉개다시피 하고 앉아 있어서 그런 일은 벌어지지
않았단다.

"너희들 어디에 있어?"

친구들을 찾는 티거가 소리쳤어.

래빗이 푸의 옆구리를 찔렀어. 푸도 피글렛의 옆구리를 찌르려고 두리번거리는데, 피글렛이 보이지 않는 거야. 피글렛은 될 수 있는 한 조용하게 축축한 고사리 냄새를 들이마시는 중이었거든. 그랬더니 피글렛은 왠지 용기도 나고 신이 났어.

"도대체 어떻게 된 거야?"

티거가 말했어.

잠깐 잠잠하더니 타닥타닥하며 티거가 다시 멀리로 가는 소리가 들려왔어. 래빗과 푸와 피글렛은 조금 더 기다렸어. 숲이 너무나 고요하다 못해 으스스해지려고 할 때쯤 래빗이 일어나서 기지개를 켰어.

"어때? 됐지? 내가 말한 대로야."

래빗이 자랑스럽다는 듯이 속삭였단다.

"쭉 생각해 봤는데, 내 생각에는……."

푸가 말했어.

"아니, 말하지 마. 뛰어, 어서!"

푸가 뭔가 말하려 하자 래빗이 가로막았어. 그리고 셋은 부리나케

달아났어. 래빗이 앞장섰고.

"이젠 말을 해도 괜찮아. 푸, 무슨 얘기를 하려고 했어?"

좀 멀찍이 가서야 래빗이 말했어.

"별거 아니야. 그런데 우리 왜 이쪽으로 가는 거야?"

푸가 물었지.

"이쪽이 집으로 가는 길이니까."

래빗이 대답했어.

"아하!"

푸가 짧게 말했지.

"내가 보기엔 좀 더 오른쪽으로 온 것 같아. 푸, 네 생각은 어때?"

피글렛이 불안해하는 표정으로 말했어.

푸는 앞발 두 개를 내려다보았어. 푸는 둘 가운데 하나가 오른발이라는 걸 알고 있었고, 한쪽을 오른발로 정하면 나머지 하나는 왼발이라는 것도 알고 있었어. 그런데 그걸 어떻게 시작해서 정하는지, 방법이 도무지 기억나지 않는 거야.

"그러니까……."

푸가 느릿느릿 말했어.

"내가 알아. 이쪽으로 가는 것이 맞아!"

래빗이 말했어.

셋은 계속해서 걸어갔어. 그러다 십 분 뒤에 셋은 다시 멈춰 섰지.

"아, 바보 같았군. 하지만 아까는……. 일단 지금은…… 아하, 그렇지. 가 보자……."

래빗이 말했어.

…….

"다 왔다. 아니, 아니네."

십 분 뒤에 래빗이 말했어.

…….

"지금, 내 생각에는 우리가 저리로……. 아니면 우리가 생각보다 아주 쪼끔 더 오른쪽에 있는 건가?"

또 십 분 뒤에 래빗이 말했지.

"이상하지. 안개 속에서는 모든 게 다 똑같아 보이고, 거기가 거기로 보이니 말이야. 너도 알고 있었어, 푸?"

또다시 십 분이 지난 다음 래빗이 말했지.

푸는 그렇다고 대답했어.

"우리가 숲을 잘 알고 있어서 다행이야. 아니면 길을 잃었을 테니까."

다시 삼십 분이 지난 다음, 래빗은 이렇게 말했어. 그러더니 숲을 훤히 잘 알고 있어서 길을 잃어버릴래야 잃어버릴 수가 없을 때 낼 만한 웃음소리를 별일 아니라는 듯이 터뜨렸어.

"푸!"

피글렛이 뒤에서 살금살금 다가와 푸에게 속삭였어.

"왜, 피글렛?"

"아무것도 아냐. 그냥 네가 있는지 확인하고 싶어서."

피글렛이 푸의 앞발을 잡으며 말했어.

티거는 친구들이 자기를 잘 따라오기를 기다렸어. 하지만 친구들은 보이지 않는 데다가, "자, 어서 가자고."라고 말해도 아무도 대답하지 않으니 따분해졌지. 그래서 이제 그만 집으로 돌아가야겠다고 생각하고, 통통 뛰어서 집으로 돌아왔단다.

티거를 보자마자 캥거는 "우리 착한 티거가 왔구나. 튼튼해지는 약을 먹을 시간에 딱 맞춰 왔어."라고 말하면서 티거가 먹을 약을 따랐어. 루는 자랑스럽게 "난 벌써 먹었어."라고 말했고, 티거는 약을 꿀꺽 삼키고 나서 "나도야."라고 말했지.

그리고 나서 루와 티거는 다정하게 서로를 밀치며 놀았어. 그러다가 티거가 실수로 한 개인가 두 개의 의자를 넘어뜨렸고, 루는 의자 하나를 일부러 넘어뜨렸어.

그걸 본 캥거가 말했지.

"자, 이제 저리 가서 놀아."

"우리 어디서 놀아요?"

루가 물었어.

"가서 전나무 열매 좀 주워 오렴."

캥거가 루와 티거에게 바구니를 건네주면서 말했어.

그래서 티거랑 루는 여섯 그루 소나무가 있는 곳으로 갔어. 거기서 서로에게 전나무 열매를 던지며 놀다가, 거기에 왜 갔는지 깜빡 잊고서 바구니를 나무 밑에 둔 채 저녁을 먹으러 집으로 돌아갔단다.

막 저녁을 먹고 났을 때 크리스토퍼 로빈이 문 앞에서 고개를 쏙 내밀며 말했어.

"푸는 어디 갔어?"

"티거 아가야, 푸가 어디 있는지 아니?"

캥거가 물었지.

티거가 무슨 일이 있었는지를 설명하는 사이에, 루도 비스킷을 먹다가 나온 기침 이야기를 같이 떠들어댔어. 캥거는 둘이 한꺼번에 말하면 안 된다고 타일렀지.

티거와 루가 동시에 이야기하는 바람에 크리스토퍼 로빈은 숲 꼭대기에 올라간 푸와 피글렛과 래빗이 안개에 갇혀 길을 잃었을 거라는 걸 한참 후에야 짐작할 수 있었단다.

"이상하지. 티거들은 절대 길을 잃어버리지 않아."

티거가 루에게 귓속말을 했어.

"왜 그런 거야, 티거?"

루가 물었지.

"티거들은 그냥 그렇더라고. 그래서 그래."

티거가 설명했지.

"우리가 그 애들을 찾으러 가야겠어. 그 방법밖에 없어. 가자, 티거."

크리스토퍼 로빈이 말했어.

"난 가서 친구들을 찾아야 해."

티거가 루에게 설명했어.

"나도 찾으러 가면 안 돼?"

루가 졸랐지.

"오늘은 안 되겠구나, 아가야. 다음에 가렴."

캥거가 말했어.

"그럼 친구들이 내일 길을 잃어버리면, 내가 찾으러 가도 돼?"

루가 말했지.

"그건 두고 보자꾸나."

캥거가 말했어.

루는 그 말이 무슨 뜻인지 알기 때문에 구석으로 가서 혼자 뛰는 연습을 했어. 정말 뛰는 연습을 하고 싶어서이기도 했고, 크리스토퍼 로빈이랑 티거가 둘이서만 나갈 때 자기가 속상해할 거라고 생각하는 것도 싫었거든.

"사실은, 어쩌다 보니 우린 길을 잘못 들었어."

래빗이 말했지.

셋은 숲 꼭대기에 있는 작은 모래밭에서 쉬고 있었어. 푸는 이 모래밭이 자꾸 나타나서 질릴 지경이었어. 혹시 모래밭이 자기들을 따라다니고 있는 건 아닌가 하는 의심까지 들 정도였지. 어느 쪽에서 출발하든 결국에는 이 모래밭으로 돌아왔거든. 안개 사이로 모래밭이 눈에 들어오면, 래빗은 의기양양하게 "이젠 어딘지 알겠어!"라고 말했지. 그러면 푸는 슬픈 표정으로 "나도 알아."라고 했고, 피글렛은 아무 말도 하지 않았어. 피글렛은 뭔가 할 말을 생각하려고 애썼지만 생각나는 말이라곤 "도와줘, 도와줘!"밖에 없었거든. 하지만 푸하고 래빗이 곁에 있는데, 자기가 그렇게 소리친다면 그건 참으로 우스꽝스러운 일이라고 생각한 거지.

한동안 침묵이 흘렀지만, 래빗한테 즐거운 산책을 하게 해 줘서 고맙다는 말 같은 건 아무도 하지 않았어.

"자, 우리 계속 가는 게 좋겠지? 어느 길로 가 볼까?"

래빗이 다시 입을 열었어.

"이러면 어떨까? 우리가 가다가 이 모래밭이 보이지 않으면, 그때 다시 모래밭을 찾기 시작하는 거야."

푸가 느릿느릿 말했어.

"그렇게 하면 좋은 게 뭔데?"

래빗이 물었어.

"그건, 우리가 지금 계속해서 집을 찾아다녔지만 못 찾고 있잖아. 그래서 생각해 봤는데, 우리가 이 모래밭을 찾으려고 한다면 분명히 못 찾을 거야. 그럼 잘된 일이잖아. 그러고 나면 우리가 찾으려고 한 게 아니었던 뭔가를 찾게 될 거고, 그건 바로 우리가 정말로 찾고 있었던 것일 테니까."

푸가 말했지.

"의미도 없고, 말이 안 되는 소리 같은데……."

래빗이 말했어.

"아, 그렇지. 처음 생각해 냈을 때만 해도 괜찮았는데, 말을 하다가 보면…… 도중에 뭔가가…… 어떻게 돼서 그래."

푸가 겸손하게 말했지.

"내가 이 모래밭을 떠났다가 다시 돌아오면, 당연히 여길 찾을 수 있겠지."

래빗이 말했어.

"글쎄, 난 아마 그러지 못할 것 같아. 그냥 그렇게 생각해."

푸가 말했어.

"한번 해 봐. 푸하고 나는 여기서 기다릴게."

피글렛이 불쑥 말했어.

래빗은 피글렛이 얼마나 어처구니없는 말을 했는지 보여 주려고 한바탕 웃어젖히고 나서 안개 속으로 걸어 들어갔어. 래빗은 백 미터쯤 걸어갔다가 돌아보더니 다시 걸어갔단다.

그리고…… 푸와 피글렛이 래빗을 기다린 지 이십 분이 지났어. 그때 푸가 벌떡 일어서더니, 이렇게 말했어.

"피글렛, 난 그냥 생각해 본 건데……. 이제 집으로 가자."

"하지만 푸, 너 집으로 가는 길 알아?"

피글렛이 미친 듯 신이 나서 소리를 지르더니, 이렇게 물었지.

"아니. 그렇지만 우리 집 찬장에 꿀단지가 열두 개 들어 있는데, 그 꿀단지들이 몇 시간 동안이나 나를 부르고 있어. 아까는 래빗이 말을 계속하는 바람에 잘 알아들을 수가 없었지만. 그러나 꿀단지 열두 개만 빼고 아무도 말을 하지 않는다면, 그 소리가 어디에서 들려오는지 알 수 있을 것 같아. 피글렛, 어서 가 보자."

푸와 피글렛은 함께 길을 걷기 시작했어. 피글렛은 꿀단지들을 방해하지 않으려고 한참 동안 아무 말도 하지 않았지.

그런데 갑자기 피글렛이 요란스럽게 찍찍거리는 소리를 내는 거야. 그러더니…… '어, 어!' 하면서 소란을 떨었어. 피글렛은 지금 있는 곳이 어디쯤인지 알 것 같았거든. 그래도 아직은 입 밖으로 소리 내어 말하지 못했어. 혹시 아닐 수도 있으니까. 그러다 점점 자신감이 생겨서 꿀단지가 계속해서 부르든지 말든지 상관없게 되었을 때, 저 앞에서 외치는 소리가 들리더니 안개 속에서 크리스토퍼 로빈이 나타난 거야.

"아, 너희들 거기 있었구나."

크리스토퍼 로빈은 전혀 걱정하지 않은 것처럼 보이려고 애쓰면서,
태평하게 말했지.

"응, 우리 여기 있어."

푸도 덤덤하게 말했어.

"래빗은 어디 있어?"

크리스토퍼 로빈이 물었어.

"나도 몰라."

푸가 대답했지.

"아…… 그래? 그럼 티거가 래빗을 찾을 수 있을 거야. 티거가 너희들
모두를 찾는 중이거든."

크리스토퍼 로빈이 푸와 피글렛을 안심시켜 주려는 듯이 말했어.

"어쨌든 난 '뭔가 좀' 때문에 집에 가 봐야겠어. 피글렛도 그렇고. 우린 아직 아무것도 못 먹었고……."

푸가 말했어.

"나도 너희랑 같이 가서 지켜보도록 할게."

크리스토퍼 로빈이 말했어.

그래서 크리스토퍼 로빈은 푸와 함께 집으로 가서 한참 동안 푸를 지켜보았지…….

크리스토퍼 로빈이 푸를 그렇게 지켜보는 동안, 티거는 래빗을 찾느라고 소리를 바락바락 질러대면서 숲을 휘젓고 돌아다녔어.

마침내 작고 가엾은 래빗이 그 소리를 들었어. 작고 가엾은 래빗이 안개를 뚫고 그 소리가 나는 쪽으로 달려나갔는데, 불쑥 마주친 그 소리가 티거로 변해 있는 거야. 친절한 티거, 위풍당당한 티거, 덩치 크고 남을 잘 돕는 티거, 통통 튀지만 티거라면 마땅히 그렇게 튀어야 하는 아름답고 멋진 모습의 티거로 말이야.

"아, 티거! 널 만나서 정말 기뻐."

래빗이 외쳤어.

8
용감한 피글렛

푸와 피글렛의 집 중간쯤에는 '생각하는 자리'가 있는데, 둘이 서로를 보러 가기로 정하면 거기서 만나곤 했어. 그곳은 따뜻한 햇살이 가득한 데다 바람이 들지 않아서, 둘은 잠깐 거기에 앉아 서로를 보고 나면 지금부터 뭘 할까를 궁리하곤 했단다.

둘이 무언가를 하겠다고 딱히 정한 것이 없는 어느 날, 푸는 시를 하나 지었어. '생각하는 자리'가 어떤 곳인지를 모두에게 알려주고 싶었던 거지.

따뜻한 햇살이 가득한 이곳은
푸의 자리야.
푸는 이 자리에 앉아
지금부터 뭘 할까를 궁리하지.

앗, 이런! 깜박했네……

이곳은 피글렛의 자리이기도 해.

어느 가을날 아침이었어. 밤새 불어대던 바람을 못 이긴 나뭇잎들이 다 떨어지고 나뭇가지마저 부러질 듯이 요동을 치고 있었는데, 푸하고 피글렛은 '생각하는 자리'에 앉아서 궁리를 하고 있었어.

"내가 지금 무슨 생각을 하느냐면, 푸 모퉁이에 있는 이요르한테 같이 가 보면 어떨까 해. 어쩌면 이요르의 집이 바람에 무너졌을지도 모르고, 이요르가 자기 집을 다시 지어 줬으면 하고 바랄지도 모르니까."

푸가 말했어.

"나는 무슨 생각을 했느냐면, 크리스토퍼 로빈한테 같이 가 보면 어떨까 했어. 크리스토퍼 로빈이 집에 없지만 않다면 말이야. 집에 없으면 못 만나잖아."

피글렛이 말했어.

"가서 다 만나자. 이렇게 바람이 부는 날 몇 킬로미터나 걷다가 누군가의 집에 들어가면, 집주인이 '안녕, 푸. '뭔가 좀'을 먹으려고 했는데 때맞춰 잘 왔어.'라고 말할 거 아냐. 그러면 우린 때맞춰 잘 간 거고, 그런 날을 나는 '사이좋게 지내는 날'이라고 불러."

푸가 말했지.

피글렛은 모두 다 만나러 가려면 이유가 있어야 한다고 생각했어. '스몰'을 찾는다거나 '타멈'(푸가 '탐험'을 잘못 말했다. ─ 옮긴이)을 떠난다든지 하는 이유 말이야. 푸가 뭔가를 생각해 낼 수만 있다면 말이지.

푸는 뭔가를 생각해 낼 수 있었지.

"우리가 가는 건 오늘이 목요일이기 때문이야. 그리고 우리 모두에게 '행복한 목요일이 되길 바랍니다!' 하고 말하는 거야. 가자, 피글렛!"

푸와 피글렛은 자리에서 일어났어. 그런데 피글렛이 다시 자리에 털썩 주저앉는 거야. 바람이 그렇게 세게 부는 줄 몰랐거든. 피글렛은 푸가 도와줘서 자리에서 일어났고, 둘은 길을 떠났어.

푸와 피글렛은 가장 먼저 푸의 집으로 갔어. 다행히도 둘이 도착했을 때 마침 푸가 집에 있었지. 푸는 어서 들어오라고 했고, 둘은 '뭔가 좀'을 먹었어. 그런 다음 캥거의 집으로 향했어. 둘은 손을 꼭 붙잡고 "그렇지?", "뭐가?", "안 들려." 하고 고래고래 소리치면서 걸어갔어.

캥거의 집에 도착했을 무렵에 둘은 바람에 하도 시달려서 거기에 머물면서 점심까지 먹었어. 나중에는 언뜻 봐도 밖이 너무나 추울 것 같아서, 둘은 될 수 있는 대로 빨리 발길을 재촉해서 래빗의 집으로 향했지.

"우리는 너에게 '행복한 목요일이 되길 바랍니다!' 하고 말해 주러 왔어."

푸는 한두 번 들락날락 해 보고 나서 다시 밖으로 나올 수 있다는 걸 확인한 다음 래빗에게 말했어.

"왜, 목요일에 무슨 일이라도 있는 거야?"

래빗이 물었지.

푸가 설명해 주자, 인생이 온통 중요한 일들로만 이루어져 있는 래빗이 심드렁하게 말했어.

"아, 난 정말로 무슨 중요한 일이 있어서 온 줄 알았지."

푸하고 피글렛은 잠깐 앉아 있다가…… 곧 다시 길을 떠났어. 이젠 바람이 뒤에서 불고 있어서, 둘은 고래고래 소리를 칠 필요가 없었단다.

"래빗은 똑똑해."

생각에 잠겨 있던 푸가 말했어.

"맞아, 래빗은 똑똑하지."

피글렛도 맞장구를 쳤지.

"그리고 래빗은 머리가 좋아."

"그래, 래빗은 머리가 좋아."

그리고 한참 동안 침묵이 흘렀어.

"그래서 어떤 일들은 전혀 이해하지 못하는 것 같아."

침묵을 깨고, 푸가 말했지.

크리스토퍼 로빈은 그때 집에 있었단다. 오후 시간이었으니까.

크리스토퍼 로빈은 푸와 피글렛을 보고 정말 반가워했어. 둘은 거기에서 '티타임'(영국에는 오후 서너 시쯤에 차를 마시는 풍속이 있다. 그 시간을 '티타임(teatime)'이라고 한다. ─ 옮긴이)에 가까운 시간까지 눌러앉아 있었어. 그러다가 차에 가까운 차를 같이 마셨는데, 그건 나중에는 기억도 나지 않을 만한 차였어. 그런 다음 푸와 피글렛은 서둘러서 이요르를 만나러 푸 모퉁이로 출발했어. 그래야 너무 늦지 않게 아울과 제대로 된 차를 마실 수 있을 테니까.

"안녕, 이요르."

푸와 피글렛이 활기차게 소리쳤지.

"아! 길을 잃어버렸니?"

이요르가 말했어.

"우린 그냥 너를 만나러 온 거야. 그리고 집이 잘 있는지도 보고. 푸, 봐 봐! 집이 아직도 잘 서 있어!"

피글렛이 말했어.

"나도 알아. 그런데 참 이상하지. 누가 와서 밀치고 쓰러뜨렸어야 했는데 말이지."

이요르가 말했지.

"우린 바람 때문에 집이 쓰러지진 않았는지 궁금해서 온 거야."

푸가 말했어.

"아, 그래서 아무도 신경 쓰지 않는구나. 난 다들 잊어버렸나 생각했거든."

이요르가 말했어.

"어쨌든 널 봐서 정말 기뻐, 이요르. 우린 이제 아울을 보러 갈 거야."

푸가 말했지.

"그래야지. 너희도 아울을 좋아할 거야. 아울이 하루인가 이틀 전에 이곳을 지나 날아가면서 나를 봤어. 그런데 아울이 뭐라고 말을 건 건 아니야. 하지만 나였다는 건 아울도 알아봤어. 아울은 정말 다정한 친구 같아. 든든하다니까."

푸와 피글렛은 어쩔 줄 몰라 하며 주춤거리다가, 많이 망설이면서 "그래. 그럼 안녕, 이요르." 하고 인사했어. 갈 길이 멀었지만, 서둘러서 모두 다 돌아보고 싶었거든.

"잘 가. 바람에 날려가지 않게 조심해, 꼬마 피글렛. 그렇게 되면 다들 널 그리워하면서 '꼬마 피글렛은 어디로 날아간 거지?' 하고 물을 거야. 정말 알고 싶어 하면서 말이지. 어쨌든 잘 가. 그리고 어쩌다가 내가 있는 곳을 지나가 줘서 고마워."

이요르가 말했지.

"안녕."

푸와 피글렛은 마지막으로 다시 인사를 하고 나서, 아울의 집으로 향했단다.

바람은 이제 앞에서 불어오고 있었어. 힘겹게 걸음을 옮기는 피글렛의 귀가

뒤로 젖혀져서

마치 깃발처럼 팔락거렸지.

피글렛은 사투를 벌이고 있었던 거야.

　100에이커 숲 안쪽으로 몸을 피하기까지 몇 시간이나 지난 것 같았어. 푸하고 피글렛은 움츠렸던 몸을 펴고 이제 다시 똑바로 서서, 나무 꼭대기 사이로 사납게 윙윙대는 바람 소리에 조금은 불안한 얼굴로 귀를 기울였어.

　"푸, 우리가 나무 아래에 있을 때 그 나무가 쓰러지면 어떻게 해?"

　피글렛이 물었지.

　"그런 일은 없을 거야."

　푸가 곰곰이 생각해 보고 말했어.

　피글렛은 푸의 대답을 듣고 마음이 놓였고, 조금 있다가 둘은 아울의 집 문 앞에 서서 활기차게 노크를 하고 설렁줄을 잡아당겼단다.

　"안녕, 아울. 우리가 너무 늦게 온 건 아니……. 아니, 그러니까 내 말은…… 잘 지냈어, 아울? 피글렛과 난 그냥 네가 잘 지내는지 보러 왔어. 오늘이 목요일이라서……."

　푸가 말했어.

　"앉아, 푸. 피글렛도 편하게 앉아."

　아울이 친절하게 말했지.

　푸와 피글렛은 아울에게 고맙다고 말하고, 최대한 편안한 자세로 쉬었어.

　"있잖아, 아울. 우리가 아주아주 서둘러 왔거든, 시간을 맞추려고……. 그러니까 네가 어디 가기 전에 오려고 말이지."

　푸가 말했어.

"내가 틀렸다면 바로잡아 줘. 지금 바깥은 바람이 휘몰아치는 날씨인 것 같은데, 맞니?"

아울은 진지하게 고개를 끄덕이며 이렇게 말했어.

"정말 그래."

피글렛이 얼었던 귀를 조용히 녹이면서, 집으로 무사히 돌아갈 수 있기를 바라며 말했어.

"그럴 것 같았어, 피글렛. 꼭 오늘처럼 이렇게 바람이 세차게 부는 날이었지. 로버트 삼촌이…… 그러니까 피글렛, 네 오른쪽 벽에 걸린 초상화가 바로 로버트 삼촌이야. 삼촌이 오전 느지막이 집으로 돌아오시다가……. 그런데 저게 무슨 소리지?"

아울이 말했어.

뭔가가 우지끈하는 소리가 요란하게 들린 거야.

"조심해! 벽시계 조심해! 비켜, 피글렛! 피글렛, 내가 너한테 떨어지고 있어!"

푸가 말했어.

"도와줘!"

피글렛이 소리쳤지.

푸가 있던 쪽이 천천히 위쪽으로 기울어 올라가더니, 푸가 앉아 있던 의자가 피글렛 쪽으로 미끄러지기 시작했어. 벽시계는 벽난로를 따라 스르륵 미끄러졌고, 선반 위의 꽃병들도 같이 휩쓸려 갔어. 그러다가 원래는 바닥이었지만 이제는 벽처럼 보이려고 애쓰고 있는 곳에 와장창 부딪혔단다. 벽난로 앞에서 새 깔개가 되려고 하는 로버트 삼촌이 자기가 걸려 있던 벽을 카펫 삼아 미끄러져 내려오는 중이었는데, 피글렛이 의자에서 일어서려고 하는 순간에 그 의자와 만난 거야. 그리고 잠깐 사이에 어디가 진짜 북쪽인지도 기억나지 않을 지경이 되어 버렸지.

그런데 그때 또 엄청난 소리가 들렸고…… 아울의 집 전체가 한쪽으로 다 쓸려가다가……. 그리고 한순간 잠잠해졌어.

집 안 한쪽 구석에서 테이블보가

꿈틀거리기 시작했어.

테이블보는 공처럼 돌돌 말리더니

집 안을 가로질러 데굴데굴 굴러갔지.

그리고 한두 번 폴짝거리더니, 테이블보 사이로 두 귀가 불쑥 튀어나왔어. 그러다 다시 바닥을 가로질러 구르고 나자, 둘둘 말려 있던 테이블보가 스르륵 풀렸어.

"푸!"

피글렛이 안절부절못하며 푸를 불렀어.

"응."

의자 하나가 대답했지.

"우린 지금 어디 있는 거야?"

피글렛이 물었어.

"나도 확실히 몰라."

그 의자가 또 말했어.

"여기…… 여기가 아울의 집이야?"

피글렛이 또 물었어.

"그런 것 같아. 우리가 막 차를 마시려던 참이었는데, 마시지는 않았거든."

그 의자가 또 말했지.

"아! 그런데 아울이 편지함을 원래 천장에 달아 놓았었나?"

"글쎄, 아울이 그랬나?"

"응, 봐 봐!"

"난 볼 수가 없어, 피글렛. 난 뭔가에 깔려 아래쪽을 바라보고 있어. 이건, 천장을 올려다보기에는 너무 불편하고 힘든 자세야."

"어쨌든…… 편지함은 원래 그랬나 봐, 푸."

"어쩌면 아울이 자리를 바꿨을 수도 있지. 뭔가 변화를 주고 싶어서 말이야."

그때 탁자 뒤쪽 한구석에서 요란한 소리가 들려왔어. 그러더니 아울이 다시 나타났지.

"아, 피글렛. 푸는 어디 있어?"

아울이 잔뜩 짜증스러워하며 물었어.

"나도 잘 모르겠어."

푸가 대답했어.

아울은 목소리가 들리는 쪽으로 고개를 돌리더니, 몸의 일부분만 보이는 푸를 향해 얼굴을 잔뜩 찌푸렸어.

"푸, 네가 이렇게 했니?"

아울이 쏘아붙이듯이 말했지.

"아냐, 내 생각엔 아닌 것 같아."

푸가 머뭇머뭇 대답했어.

"그럼 누가 그랬어?"

아울이 물었지.

"바람이 그런 것 같아. 내 생각에는 바람이 너희 집을 넘어뜨린 것 같아."

피글렛이 말했어.

"아, 그런 거였어? 난 푸가 그랬는 줄 알았는데."

아울이 말했지.

"아냐."

푸가 말했어.

"바람이 그랬다면, 푸의 잘못이 아니지. 푸한테 아무런 책임을 물어서는 안 되지."

아울이 곰곰이 생각해 보고 말했지.

아울은 친절하게 이야기해 주고 나서 새로 바뀐 천장을 살펴보려고 날아올랐단다.

"피글렛!"

푸가 속삭이듯 피글렛을 불렀어.

"왜, 푸?"

피글렛이 푸한테 몸을 숙이며 다가갔지.

"아울이 나한테 뭘 물어서는 안 된다고 한 거야?"

푸가 물었어.

"아울이 네 탓을 하지 않겠다고 말한 거야."

피글렛이 대답했어.

"아! 난 또 아울이 나한테…… 아, 이제 알겠어."

푸가 말했어.

"아울, 내려와서 푸를 도와줘!"

피글렛이 아울을 향해 외쳤어.

아울은 자기 편지함에 감탄하고 있다가 다시 바닥으로 내려왔어.

피글렛과 아울은 함께 안락의자를 밀고 당기며 옮겼고, 잠시 뒤 의자 밑에 깔려 있던 푸가 빠져나왔어. 푸는 이제야 다시 주위를 둘러볼 수 있게 되었지.

"세상에! 집 안 상태가 아주 대단하군!"

아울이 말했어.

"푸, 이제 우린 어떻게 해야 하지? 뭐 생각나는 게 있어?"

피글렛이 물었어.

"글쎄, 방금 뭐가 생각나긴 했어. 그냥 별건 아니고."

푸가 말했지.

그러더니 푸가 노래를 부르기 시작했단다.

난 가슴을 깔고 엎드려 있었어.

저녁에 쉬고 있다고 생각하니,

참으로 좋은 것 같았어.

난 배를 깔고 엎드려서

콧노래를 불러 볼까 했는데,

적당한 노래가 생각나지 않았어.

내 얼굴은 바닥에 눌려 납작이가 됐어.

그건 곡예사한테는 아주 괜찮은 일이야.

하지만 친절하고 상냥한 곰에게

그건 옳지 못한 일인 것 같아.

대나무 의자에 깔려 움짝달싹 못 한 채

자꾸자꾸 짜부러지니까

곰의 가엾은 낡은 코에 별로 좋지 않아.

목이랑 입이랑 귀까지 모두 다

막 짜부러지니까

참는 것이 너무 힘들어.

"이게 다야."

푸가 말했어.

아울은 약간 우습다는 듯 헛기침을 하더니, 푸한테 그게 다 부른 게 맞다면 이제는 탈출하는 문제에 다 같이 집중하면 좋겠다고 말했어.

"왜냐하면 출입문이었던 곳으로는 이제 나갈 수가 없거든. 뭔가가 그 위로 떨어져 있어."

아울이 말했지.

"그 문 말고는 나갈 수가 없는 거야?"

피글렛이 걱정스럽게 물었어.

"그게 우리의 문제야, 피글렛. 그래서 내가 푸한테 그 문제에 집중해 달라고 부탁한 거야."

푸는 조금 전까지 벽이었던 지금의 바닥에 앉았어. 그리고 한때 또 다른 벽이었던 천장을 가만히 올려다보았어. 천장에는 조금 전까지 출입문이었던 게 달려 있었지. 푸는 그걸 보면서 문제에 집중해 보려고 애를 썼단다.

"아울, 피글렛을 등에 태우고 편지함까지 날 수 있겠어?"

푸가 아울에게 물었어.

"아니, 아울은 못 해."

피글렛이 잽싸게 대답했지.

아울은 그렇게 나는 데 필요한 등 근육에 대해 설명했지. 아울은 언젠가 푸하고 크리스토퍼 로빈에게 그걸 설명한 적이 있었는데, 그 뒤로 다시 한번 설명할 기회가 오기를 기다리고 있던 참이었거든. 그건 알아듣기 쉽게 두 번은 설명해야, 누구든 무슨 말을 하는지 알아들을 수 있는 그런 문제였으니까.

"있잖아, 아울. 만약에 우리가 피글렛을 편지함 안에 집어넣을 수 있다면, 피글렛이 편지를 넣는 구멍으로 어떻게든 빠져나갈 수 있을 거야. 그런 다음에 나무를 타고 아래로 내려가서 도와줄 누군가를 데리고 오면 되지 않겠느냐는 거지."

푸가 말했어.

그 말을 듣고 있던 피글렛이 다급하게 나서더니, 정말 그렇게 하고 싶지만 요즘 덩치가 커져서 아무래도 안 될 거라고 말했어. 그러자 아울이 큼직한 편지가 올지 몰라서 얼마 전에 편지함 구멍을 크게 늘려 놓았다면서, 아마 피글렛도 들어갈 수 있을 거라고 말했지. 그러자 또 피글렛이 "하지만 아울 네가 필요하다고 했던 그게 안 된다고 했잖아?" 하고 물었고, 아울은 "그래, 그건 안 돼. 그럼 다 소용없는 생각이었네." 하고 대답했어. 그러자 피글렛이 "그럼 뭔가 다른 방법을 생각해 내는 게 좋을 것 같아." 하고 말하고는, 당장 생각하기 시작했단다.

그렇지만 푸의 생각은 자기가 물에 갇힌 피글렛을 구해 내서 모두에게 엄청난 칭찬을 받았던 날로 돌아가 있었어. 그런 일은 그렇게 자주 일어나는 것이 아니지만, 푸는 그런 일이 또 일어나 주기를 바랐던 거지.

그리고 그 순간, 지난번에 그랬던 것처럼 좋은 생각 하나가 푸의 머릿속에 퍼뜩 떠올랐어.

"아울, 뭔가가 생각났어."

푸가 말했지.

"역시 똑똑하고 쓸모 있는 곰돌이라니까."

푸는 '똥똥'(푸가 '똑똑'을 잘못 알아들었다. – 옮긴이)하고 '쓸모 있는' 곰돌이라는 말에 어깨가 으쓱해졌어. 하지만 어쩌다 보니 그냥 떠오른 생각이라고 겸손하게 말하면서, 자기가 조금 전에 생각한 방법을 설명하기 시작했어.

피글렛을 일단 '끈'으로 묶어 매달아 놓고 나서, 아울이 그 끈의 한쪽 끝을 입에 물고 편지함까지 날아가는 거야. 그리고 그 끈의 한쪽 끝을 편지함의 철망 사이로 밀어 넣었다가 다시 바닥 쪽으로 빼내는 거지. 그런 다음, 아울과 푸가 힘을 합해 빼낸 끈을 힘껏 잡아당기면, 끈에 묶여 매달려 있는 피글렛이 천천히 편지함 쪽으로 올라가지 않겠느냐는 거야. 아울은 그냥 바닥에 있는 거고.

"그러면 피글렛이 올라가겠네……. 끈이 끊어지지만 않는다면."

아울이 말했어.

"끈이 끊어질 수도 있어?"

피글렛은 정말 그러면 어떻게 하냐는 듯 물었어.

"그럼 다른 끈으로 해 보는 거지."

아울이 대답했어.

이 말은 피글렛한테 별 위안이 되지 않았어. 푸하고 아울이 잡아당길

끈이 얼마나 많든지 간에 아래로 떨어지는 건 매번 피글렛 자신일 테니까. 그래도 지금으로선 그 방법밖에는 없는 것 같았어. 피글렛은 끈에 묶인 채, 천장으로 끌려 올라가는 일 없이 그동안 숲에서 행복하게 보냈던 시간들을 마지막으로 되짚어 봤어. 그리고 푸를 향해 씩씩하게 고개를 끄덕여 보이고는, 엄청 영리한 개, 개, 개, 영리한 개, 개, 계획이라고 말했단다.

"끊어지지 않을 거야. 너는 작은 동물인 데다가 내가 밑에 서 있을 거니까. 그리고 네가 우리 모두를 구한다면 나중에도 우리는 네가 참으로 훌륭한 일을 해냈다고 이야기하게 되겠지. 그리고 난 너를 위한 노래를 만들 거고. 그러면 다들 '피글렛이 해낸 일이 너무나 대단해서, 존경의 마음을 담아 푸가 노래를 지은 거래.'라고 말할 거야."

푸가 피글렛을 안심시키려는 듯이 속삭였어.

이 말을 듣고, 피글렛의 기분은 훨씬 좋아졌지.

모든 준비를 다 마치고 나자, 피글렛의 몸이 느릿느릿 천장으로 올라갔어. 피글렛은 그런 자신이 너무 대견해서 하마터면 "날 좀 봐!" 하고

외칠 뻔했지만, 그러지 못했어.

　푸하고 아울이 자기를 쳐다보느라 잡고 있던 끈을 놓치기라도 할까봐 무서웠거든.

　"올라간다!"

　푸가 신이 나서 외쳤어.

　"예상했던 대로 상승하고 있어."

　아울도 한마디 거들었지.

　금방이었어. 피글렛은 편지함을 열고 안으로 비집고 들어갔어.

그리고 몸에 묶인 끈을 풀고서 편지 넣는 좁고 기다란 구멍으로 몸을 구겨 넣었어.

출입문이 출입문 노릇을 했던 시절에는 이 구멍을 통해서, 아울이 '우알'이라는 이름으로 자기한테 썼던 뜻밖의 편지 여러 통이 도착하곤 했단다.

피글렛은 어떻게든 몸을 꾹꾹 누르고 꽉꽉 조여서 그 좁은 틈으로 구겨 넣었어. 그러다가 남은 힘을 다해 꾸우욱 몸을 밀어 넣는 순간, 밖으로 쑥 튀어나왔어.

기쁘고 신이 난 피글렛은 고개를 돌려, 아직 갇혀 있는 두 죄수에게 찍찍거리면서 마지막 소식을 전했단다.

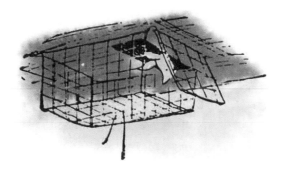

피글렛이 편지함을 통해 소리쳤어.

"이젠 됐어! 아울, 나무가 바람에 쓰러졌고, 문 위에 나뭇가지가 걸쳐서 가로막고 있어. 크리스토퍼 로빈이랑 내가 치울 수 있어. 푸를 끌어올릴 밧줄도 가지고 올게. 난 지금 당장 크리스토퍼 로빈한테 말하러 갈게. 나무 타는 건 문제없어. 그러니까 내 말은, 위험한 일이지만 난 잘할 수 있다는 뜻이야. 삼십 분쯤 뒤에 크리스토퍼 로빈이랑 같이 돌아올게. 갔다 올게, 푸!"

피글렛은 푸가 "잘 갔다 와. 고마워, 피글렛!"이라고 대답하는 것도 미처 듣지 못하고, 바로 그곳을 떠났어.

"삼십 분이라······."

아울이 편안하게 자리를 잡으며 이야기를 시작했어.

"그럼 내가 아까 하던 로버트 삼촌 얘기를 마저 할 수 있겠군······. 푸, 네 밑으로 보이는 그 초상화 말이야. 가만있자, 내가 어디까지 말했더라······? 아, 그래. 꼭 오늘처럼 바람이 세차게 휘몰아치는 날이었어. 로버트 삼촌이······."

푸는 슬며시 눈을 감았단다.

9

아울의 새로운 집

푸는 100에이커 숲을 돌아다니다가 한때 아울의 집이었던 곳에 멈춰 섰어. 그런데 이젠 전혀 집 같아 보이질 않는 거야. 그냥 바람에 쓰러진 나무처럼 보였으니까. 집이 그렇게 보인다면 하루빨리 딴 집을 찾아봐야 하는 거란다.

그날 아침에 집에 있던 푸는 문 밑으로 '아울을 위해 새 집을 찻고 (래빗이 'searching'을 'scerching'으로 틀리게 썼다. - 옮긴이) 있어. 너도 그러기 바람. 래빗.'이라고 쓰인 수수께끼 같은 '미시지'(푸는 '메시지'라는 말을 잘 몰라서 '미시지'라고 한다. - 옮긴이)를 받았어. 푸가 무슨 뜻인지 궁금해하는 참에 래빗이 찾아와서 푸한테 그걸 읽어 주었지.

"난 모두한테 이걸 한 장씩 돌리고 나서, 이게 무슨 뜻인지 알려 주고 다니는 중이야. 그래야 모두들 같이 찾아볼 테니까. 그럼 난 서둘러야 해서, 이만 가 볼게. 안녕."

래빗은 그렇게 말하고 나서 부지런히 어딘가로 달려갔어.

푸는 천천히 그 뒤를 따라갔어. 푸는 지금 아울에게 새 집을 찾아 주는 것보다 더 멋진 일을 해야 했거든. 그건 바로 아울의 예전 집과 관련된 노래를 만드는 일이었어. 푸는 그런 노래를 만들겠다고 며칠 전에 피글렛과 약속했으니까.

그날 이후로 피글렛은 푸를 만나도 아무 말도 꺼내지 않았어. 그렇지만 왜 말을 꺼내지 않았는지는 척 하면 알 수 있는 일이지. 피글렛은 누군가가 노래나 나무, 끈, 휘몰아치는 바람 등의 단어를 입에 올리기만 해도 코끝이 발그스레해지면서 아예 상관없는 다른 이야기들을 허둥지둥 꺼내기 일쑤였어.

"하지만 그렇게 쉽지가 않네. 시나 노래는 내가 찾아가는 게 아니라, 그것들이 나를 찾아오는 거거든. 내가 할 수 있는 일은 시하고 노래가 나를 찾을 수 있는 자리에 가 있는 것뿐이야."

푸는 한때 아울의 집이었던 곳을 바라보면서 혼잣말을 했어.

푸는 희망을 안고 기다렸고…….

한참을 기다린 끝에 푸가 말했어.

"그럼 '여기 나무가 누워 있어.'라고 시작해야겠다. 정말 그러니까. 그런 다음에 어떻게 되는지 두고 봐야지."

그런 다음에 이렇게 되었단다.

여기 나무가 누워 있어.

아울[새]이 좋아했던 그 나무는 원래 우뚝 서 있었지.

아울이 친구에게 이야기하고 있었어.

'나'라고 불리는 친구에게 [네가 혹시 못 들어 봤을 수도 있으니까]

그때 놀라운 일이 일어났지.

세상에! 휘몰아치는 바람이

아울이 좋아했던 나무를 쓰러뜨렸어.

아울의 사정이 안 좋아 보였어…….

내 말은, 아울과 우리 모두 안 좋아 보였다는 거야…….

난 친구들이 그렇게 놀라는 모습도 처음 보았어.

피글렛[피글렛이!]이 한 가지 생각을 해냈어.

"용기를 내! 언제나 희망은 있어.

가느다란 끈이 필요해.

만약 그런 끈이 없다면

좀 굵은 끈이라도."

그리고 피글렛은 편지함으로 올라갔어.

푸와 아울이 "아!" 하고 소리쳤어.

원래 편지가 들어오던 틈['편지 외 금지'였던]으로

피글렛은 머리도 발도 꾹 밀어 넣었어.

아! 용감한 피글렛[피글렛!], 호!

피글렛이 벌벌 떨었을까? 움츠러들었을까?

아니! 아니! 피글렛은 힘을 다해 조금씩 조금씩

'편지 외 금지' 구멍으로 들어갔어.

내가 아는 까닭은

내가 두 눈으로 보았기 때문이야.

피글렛은 뛰고 또 뛰었어.

그러다 멈춰 서서 소리쳤어.

"새인 아울을 도와줘. 곰인 푸도!"

마침내 숲의 다른 친구들이 숲을 가로질러

있는 힘껏 빠르게 달려오는 소리가 들려왔어.

"도와줘! 도와줘! 구해 줘!"
피글렛이 외치면서,
친구들에게 어디로 가야 하는지 알려 주었어.
(노래해요, 호! 피글렛[피글렛!]을 위해, 호!)
곧 문이 활짝 열렸고,
푸와 아울이 밖으로 빠져나왔어!

노래해요, 호! 피글렛을 위해, 호!
호!

푸는 그 노래를 세 번 불러 보고 나서 말했단다.
"다 됐어. 내가 생각했던 것하고는 다르게 들어왔지만, 어쨌든 들어
왔어. 이제 피글렛한테 이 노래를 불러 줘야겠다."

'아울을 위해 새 집을 찾고 있어. 너도 그러기 바람. 래빗.'

"이게 다 무슨 말이야?"
이요르가 묻자, 래빗이 설명했지.
"아울의 낡은 집에 무슨 일이라도 생겼어?"
이요르가 또 물었고, 래빗이 또 설명했지.

"아무도 나한테 말해 주지 않았어. 아무도 나한테 꾸준히 소식을 전해 주지 않는다고. 세어 보니, 누군가가 나한테 말을 건 지도 오는 금요일이면 열이레째나 돼."

이요르가 말했어.

"열이레는 분명 아닌데……."

래빗이 말했어.

"오는 금요일이 되면 그렇다니까."

이요르가 다시 말했어.

"오늘이 토요일이잖아. 그럼 열하루째가 되는 거지. 그리고 내가 지난주에 여기에 왔었잖아."

래빗도 다시 말했지.

"대화는 하지 않았어. 처음 대화도 없었고, 다음 대화도 없었어. 너는 '안녕.'이라고 말하고는 번개같이 지나쳐 버렸어. 내가 대답할 말을 곰곰이 생각하고 있는 사이에 백 미터 떨어진 언덕 위에서 네 꼬리가 보였다고. 난 '뭐라고?'라고 말하려 했었는데……. 당연한 소리지만 그땐 이미 늦은 뒤였지."

이요르가 말했어.

"글쎄, 그땐 내가 몹시 급한 일이 있었거든."

래빗도 말했지.

"주고받는 것도 없고, 생각을 나누는 것도 없이……. '안녕……. 뭐라고……?'라고 하는 것은……. 그러니까 내 말은…… 그런 말을 했다고 해도, 뭘 했다고 할 수가 없다는 뜻이야. 두 번째 대화도 반밖에 못 했는데, 상대방의 꼬리조차 보일락 말락 한다면 특히나 더 난감하다는 뜻이지."

이요르가 말했어.

"그건 네 잘못이야, 이요르. 넌 한 번도 누군가를 만나려고 찾아가 본 적이 없었잖아. 그저 이 숲의 모퉁이에 머물면서 누가 와 주기만을 기다렸지. 가끔은 너도 친구들을 찾아가 보는 게 어때?"

이요르는 뭔가를 생각하느라고, 래빗의 말에 대답하지 않고 입을 다물고 있었어. 그러다가 마침내 이요르가 말했지.

"래빗, 네가 중요한 말을 한 것 같아. 난 좀 더 돌아다녀야 하나 봐. 내가 왔다 갔다 해야겠어."

"그래, 이요르. 언제든 마음이 내키면 누구 집이든 찾아가면 돼."

래빗이 말했어.

"고마워, 래빗. 만약에 누군가가 큰 소리로 '뭐야, 이요르잖아.'라고 말한다면, 도로 나오면 그만이지."

이요르가 뭔가 새로운 결심을 한 듯 말할 때, 래빗은 잠깐 동안 깨금발로 서 있었어. 그러다가 이요르가 말을 마치자, 이렇게 말했지.

"그런데…… 난 지금 가 봐야 해. 오늘 아침에는 많이 바빠서."

"잘 가."

이요르가 작별 인사를 했어.

"뭐라고? 아, 잘 있어. 그리고 혹시 아울이 살 만한 새 집을 발견하면 우리한테 꼭 알려 줘."

"신경 써 볼게."

래빗은 그렇게 떠났어.

푸는 피글렛을 찾아냈어. 둘은 함께 100에이커 숲을 향해 걸어갔지.
한동안 아무 말 없이 걷던 푸가 좀 수줍어하면서 말을 꺼냈어.

"피글렛."

"응, 푸?"

"너, 그거 기억나? 내가 존경의 마음을 담아 노래를 만들겠다고 했던
거…… 너도 아는 그 이야기가 담긴 노래 말이야."

"그랬었나, 푸? 아, 그래. 그랬던 것 같아."

코 주위가 발그레해진 피글렛이 말했어.

"그거 다 만들어졌어, 피글렛."

발그레한 빛이 피글렛의 코에서 천천히 귀로 올라가더니 거기서 자리
를 잡고 앉았단다.

"그랬어, 푸? 그러니까…… 그러니까…… 그게 언제였지……? 정
말 다 만들어졌다는 말이야?"

피글렛이 살짝 갈라지는 목소리로 물었어.

"응, 피글렛."

피글렛의 귀 끝이 순식간에 시뻘겋게 달아올랐어. 피글렛은 뭔가 말
하려고 했지만, 한두 번 쉬익쉬익거리다가 아무 소리도 나오지 않았어.

그래서 푸가 계속 말을 이었지.

"칠 절까지 있어."

"칠 절이라고? 푸, 노래 하나에 칠 절까지 만든 적은 별로 없잖아. 그렇지?"

피글렛은 될 수 있는 대로 태연하게 말했단다.

"한 번도 없었어. 이런 노래는 이제껏 한 번도 들어 본 적이 없을 거야."

"다른 친구들도 벌써 알아?"

피글렛이 잠깐 멈춰 서서 나뭇가지 하나를 집어 들었다가 내던지고 나서 물었지.

"아니. 네가 어느 쪽을 가장 좋아할까 생각하고 있었어. 노래를 지금 너한테 불러 주는 것이 좋은지, 아니면 다른 친구들을 만날 때까지 기다렸다가 다 모이면 부르는 것이 좋은지 말이야."

"푸, 내 생각에는…… 지금 나한테 불러 주고…… 그리고…… 그다음에 친구들이 다 모였을 때 또 불러 주는 것이 좋을 것 같아. 그러면 다 같이 노래를 들을 때, 내가 '아, 푸가 나한테 말했던 그 노래야.' 하고 말하면 되잖아. 들어 본 적 없는 척하면서 말이지."

피글렛이 잠깐 생각해 본 다음에 말했어.

그래서 푸는 피글렛한테 노래를 불러 주었어. 칠 절까지 전부 다.

피글렛은 푸가 노래를 다 부를 때까지 아무 말도 하지 않았고, 그저 얼굴이 발개져서 서 있었지. 이제까지 누구도 '피글렛[피글렛!]을 위해, 호!'라고 노래를 불러 준 적은 없었으니까.

노래가 끝난 뒤에 피글렛은 아무 절이나 한 절만 다시 불러 달라고 하고 싶었지만, 정말로 그러고 싶은 건 아니었어. 피글렛이 정말로 듣고 싶은 건 '아! 용감한 피글렛[피글렛!], 호!'라고 시작되는 절이었어. 그 절이야말로 시적으로 꽤 깊이 있고 돋보이는 대목이라고 느껴졌거든.

"내가 정말로 그걸 다 한 거야?"

피글렛이 조금 망설이다가 물었어.

"글쎄, 시 안에서는…… 한 편의 시 안에서는 그렇지. 글쎄…… 정말로 넌 그랬어, 피글렛. 이 시에서 네가 그랬다고 말하고 있잖아. 그리고 다들 그렇게 알고 있고."

푸가 대답했어.

"아! 왜냐하면 난…… 사실 난 약간 깜짝깜짝 놀라면서, 조금 움츠러들었던 것 같아서. 처음에만. 그런데 시에서는 '벌벌 떨었을까? 움츠러들었을까? 아니! 아니!'라고 하잖아. 그래서 그래."

피글렛이 말했어.

"넌 속으로만 깜짝깜짝 놀란 거야. 그게 몸집 작은 동물들이 움츠러들지 않을 수 있는 가장 용감한 방법이거든."

푸가 말했지.

피글렛은 안도의 숨을 내쉬고 나서 자기 자신에 대해 생각해 보기 시작했어. 용감했던 피글렛을 말이지…….

푸와 피글렛이 아울의 옛집에 도착하자, 이요르만 빼고 모두들 거기에 모여 있었어. 크리스토퍼 로빈은 친구들에게 무엇을 해야 할지 일러주었고, 뒤이어서 래빗이 한 번 더 친구들에게 설명하는 중이었지. 혹시 못 들은 친구가 있을지도 모르니까.

그렇게 설명을 들은 친구들은 모두 그 일을 시작했단다. 친구들은
밧줄에다가 아울의 의자랑 그림이랑 물건들을 매달아서 옛집 밖으로
끄집어냈어. 아울의 새 집이 생기면 갖다 놓으려고 말이야.

캥거는 아래쪽에서 물건들을 묶으면서 아울한테 소리쳤어.

"이 낡고 더러운 행주는 이제 필요 없겠는데, 그렇지? 이 카펫은 온통 구멍투성이인데."

"당연히 필요하지! 가구는 어떻게 제대로 배치하느냐에 따라 다르다고! 그리고 그건 행주가 아니라, 내 숄이라고!"

아울은 분개해서 씩씩대며 이렇게 되받아쳤단다.

가끔씩 루는 안으로 똑 떨어졌다가 물건을 매단 밧줄에 올라탄 채 올라왔는데, 그때마다 캥거는 어찌할지 몰라 허둥대곤 했어. 루를 어디에서 찾아야 할지 몰랐으니까. 그래서 캥거는 아울한테 심술을 부렸는데, 집이 온통 눅눅하고 지저분한 것이 창피한 수준이라면서 안 그래도 어차피 무너져 내릴 참이었다고 말해 버렸어.

"저것 좀 봐! 저기 구석에서 끔찍한 독버섯들이 자라고 있잖아."

아울은 그것에 대해서는 전혀 몰랐기 때문에 흠칫 놀라서 내려다보다가 빈정대듯이 픽 웃으며 그건 스펀지라고 둘러댔어. 더없이 평범한 스펀지를 눈으로 보고도 못 알아본다면, 그건 정말 곤란한 일이라고 했지.

캥거가 "어쨌든!"이라고 하는데, 루가 잽싸게 안으로 뛰어들면서 이렇게 소리쳤어.

"나도 아울 형의 스펀지 볼래! 아, 여기 있다! 아, 아울 형! 아울 형, 이건 스펀지가 아니라 스뽄지야! 스뽄지가 뭔지 알아, 아울 형? 그건 스펀지가 온통……."

그러자 캥거가 재빨리 "루, 아가야!"라고 하며 말을 막았어. '화요일'을 철자에 맞게 쓸 줄 아는 상대와는 그런 식으로 말해선 안 되는 법이니까.

그러다 푸하고 피글렛이 그곳에 도착하자 다들 반가워했어. 모두들 하던 일을 잠깐 멈추고 쉬면서 푸가 만든 새 노래를 듣기로 했단다.

노래가 끝난 뒤 친구들이 모두 푸한테 정말 좋은 노래라고 말했어. 그러자 피글렛은 관심 없는 척하며 "노래 좋지? 그러니까 노래로서 좋다는 뜻이야." 하고 말했단다.

"새 집은 어떻게 됐어? 아울, 새 집을 찾았어?"

푸가 물었어.

"새 집에 붙일 이름은 찾았대. 그러니까 이제 집만 찾으면 돼."

크리스토퍼 로빈이 한가로이 풀 이파리 하나를 입에 물고서 말했지.

"난 그 집을 이렇게 부를 거야."

아울이 우쭐거리듯이 말했어.

그리고 아울은 친구들에게 자기가 만든 걸 보여 주었단다. 네모난 판자 위에 페인트로 쓴, 집 이름이 적혀 있었지.

우알레리

('WOLERY'의 'WOL'은 아울이 자기 이름을 틀리게 쓴 것이고, 'ERY'는 접미사로 여기서는 '장소'를 나타낸다. 유식한(?) 아울은 나름대로 '아울의 집'이라고 쓴 것이다. ─ 옮긴이)

이렇게 흥미진진한 순간에 뭔가가 나무 사이로 튀어나와 아울과 부딪

혔어. 그 바람에 판자가 땅바닥에 떨어졌지. 그래서 피글렛과 루는 판자가 있는 데로 가서 무슨 일인지 살펴보았어.

"아, 너구나."

아울이 뿌루퉁하게 말했어.

"안녕, 이요르! 왔구나! 이제껏 어디 있다 온 거야?"

래빗이 말했어.

이요르는 그런 말들은 들은 체도 하지 않았어.

이요르는 루하고 피글렛을 빗질하듯이 옆으로 밀어내더니, '우알레리' 판자 위에 털썩 주저앉으며 말했어.

"안녕, 크리스토퍼 로빈. 여기, 우리밖에 없어?"

"그래."

크리스토퍼 로빈이 이요르를 보고 싱긋 웃으며 대답했어.

"나도 들었는데…… 그 소식이 내가 사는 숲 모퉁이까지 퍼져서
……. 저 아래 아무도 살고 싶어 하지 않는 축축한 장소 있잖아…….
거기서 누군가가 집을 찾고 있다고 하던데. 내가 딱 맞는 집을 하나
찾아냈어."

이요르가 말했어.

"우아 ~! 잘했어."

래빗이 상냥하게 말했지.

이요르는 래빗 쪽으로 천천히 고개를 돌렸다가, 다시 크리스토퍼 로빈
한테로 고개를 돌렸어. 그러고는 큰 소리로 속삭였지.

"그 집에 뭔가가 있었던 것 같은데, 하지만 상관없어. 신경 쓰지 않으
면 되니까. 크리스토퍼 로빈, 나랑 같이 가겠다면 내가 그 집을 너한테
보여 줄게."

이요르의 말을 들은 크리스토퍼 로빈이 벌떡 일어서며 말했어.

"푸, 가 보자!"

"티거, 가 보자!"

루도 소리쳤어.

"우리도 갈까, 아울?"

래빗도 말했어.

"잠깐만 기다려."

아울은 대답하며, 방금 다시 모습을 드러낸 자신의 나무판자를 챙겨
들었어.

이요르는 모두들 물러나라는 듯이 앞발을 휘휘 저으며 말했어.

"크리스토퍼 로빈과 난 짧은 산책을 하려는 거야. 우르르 몰려다닐 일이 아니라고. 크리스토퍼 로빈이 푸하고 피글렛을 데리고 가고 싶다면 그것까지는 나도 기꺼이 받아들일 수 있어."

"좋아. 우린 계속해서 물건들을 빼낼게. 티거, 밧줄이 어디 있지?"

래빗은 남아서 뭔가 책임을 맡을 수 있게 된 것을 기뻐하며 말했어.

그리고 아울은 나무판자 위에 쓴 이름이 지저분하게 번진 것을 이제 막 발견하고는, 이요르를 탓하는 표시로 무겁게 기침을 했단다.

이요르는 '우알레리' 글자의 대부분을 엉덩이에 묻힌 채로 친구들과 함께 의기양양하게 길을 떠났어.

잠시 뒤, 넷은 이요르가 찾은 집에 거의 다 왔어. 그런데 도착하기 직전에 피글렛이 푸의 옆구리를 쿡 찌르자, 푸도 피글렛의 옆구리를 쿡 찔렀어. 그러면서 둘은 "맞아, 그거야!", "그럴 리가 없어!", "정말이 라니까!" 하는 말들을 주고받았단다.

마침내 도착했는데, 피글렛과 푸의 좋지 않은 예감이 정말 맞아떨어 졌어!

"다 왔어! 저기 이름도 쓰여 있고, 뭐든 다 있어!"

이요르가 피글렛의 집 앞에 멈춰 서서 우쭐대며 말했어.

"아!"

크리스토퍼 로빈은 웃어야 할지 어떻게 해야 할지 알 수가 없었어.

"아울한테 딱 맞는 집이지. 그렇게 생각하지 않니, 꼬마 피글렛?"

이요르가 말했지.

이요르의 말을 들은 피글렛이 숭고한 결정을 내렸어. 그 결정은, 푸가

자신을 위해 만들어 준 노래의 멋진 가사들을 떠올리고 있다가 꿈꾸듯
이 내린 것이었어.

"그래, 아울한테 딱 맞는 집이야. 아울이 이 집에서 아주 행복하게
살았으면 좋겠어."

피글렛이 자랑스럽다는 듯이 말했단다.

그런 다음 피글렛은 침을 두 번 꿀쩍 삼켰지. 자기도 이 집에서 정말
행복하게 살았으니까.

"크리스토퍼 로빈, 넌 어떻게 생각해?"

이요르는 뭔가가 잘못되었다는 것을 느끼면서 조금 불안한 마음으로
물었어.

크리스토퍼 로빈은 먼저 물어보고 싶은 말이 있었는데, 그걸 어떻게
물어보는 것이 좋을지 궁리하고 있던 참이었어. 그러다가 마침내 입을
열었지.

"글쎄…… 아주 멋진 집이야. 만약 집이 바람에 쓰러지면 어디든
딴 데로 가야 하잖아. 그렇지, 피글렛? 만약 네가 사는 집이 바람에

쓰러지면 넌 어떻게 할 거야?"

"피글렛은 우리 집으로 와서 나랑 같이 살 거야. 그렇지, 피글렛?"

피글렛이 무슨 생각을 해 보기도 전에 푸가 대신 대답했어.

피글렛이 푸의 앞발을 꽉 붙잡으며 말했어.

"고마워, 푸. 나도 정말 그러고 싶어."

마법의 장소로 떠난 크리스토퍼 로빈과 푸

크리스토퍼 로빈이 떠날 거래. 왜 떠나는지는 아무도 몰랐지. 어디로 가는지도 몰랐고. 사실 크리스토퍼 로빈이 떠난다는 걸 자기가 왜 알고 있는지조차 아무도 몰랐단다.

하지만 어쨌든 숲속의 친구들은 마침내 그 일이 일어나고 있다고 느끼고 있었어.

래빗의 친구와 친척 중에서 가장 작은 아이인 '스몰'조차도 상황이 달라질 거라고 여길 정도였지. '스몰'은 예전에 크리스토퍼 로빈의 발을 본 것 같은데, 어쩌면 발이 아니라 뭔가 다른 것이었을 수도 있어서 자신 있게 말할 수 없다고 말했던 아이야. 또 래빗의 친구들과 친척들 중 '늦게'와 '일찍'은 둘이 만나면 "일찍이야?", "늦게야?" 같은 말을 주고받았어. 그런데 그 말투에서는 아무런 희망도 찾아볼 수 없었고, 어떤 대답도 기다리는 것 같지 않았어.

하루는 이제 더는 기다릴 수가 없다고 느낀 래빗이 머리를 짜내서 안내문을 만들어서 써 붙였어. 내용은 다음과 같았지.

알림: 모두가 푸 모퉁이에 있는 집에서 모임.
결이문(래빗이 '결의문'을 잘못 썼다. - 옮긴이)이 통과되도록
왼쪽에 있는 래빗의 서명 옆에 차례대로 서명할 것.

래빗은 이 안내문을 두 번, 세 번 고쳐 써 본 다음에야 처음 생각했던 모양과 비슷하게 생긴 '결이문'이라는 단어를 완성할 수 있었어. 하지만 완성한 다음에는 안내문을 들고 친구들 집을 하나하나 찾아다니며 내용을 읽어 주어야 했지. 친구들은 모두 참석하겠다고 했어.

그날 오후, 이요르는 자기 집으로 모여드는 친구들을 보면서 말했어.
"음, 깜짝 놀랄 일이네. 나도 모여야 하나?"

"이요르는 신경 쓰지 마. 오늘 아침에 내가 이요르한테 다 얘기했어."

래빗이 푸한테 소곤댔어.

다들 이요르에게 "잘 지냈지?" 하고 인사했어. 그러자 이요르는 거들 떠보지도 않은 채 잘 못 지냈다고 하면서, 신경 쓰지 말라고 말했지. 그러고 나서 모두가 자리에 앉았는데, 다들 앉자마자 래빗이 다시 일어 나서 말했어.

"우리가 왜 이 자리에 모였는지 다들 잘 알겠지만, 내 친구 이요르에 게……."

"바로 나야, 이요르! 참 대단하지."

이요르가 끼어들었어.

"이요르에게 '결이문'을 제출해 달라고 부탁했어. 자, 그럼 시작해. 이요르."

래빗은 그렇게 말하고 다시 자리에 앉았어.

"날 재촉하지 마. 그리고 나한테 '자, 그럼 시작해.'라는 식으로 말하 지 마."

이요르가 느릿느릿 몸을 일으키며 말했어.

그러고 나서 이요르는 귀 뒤에 꽂아 둔 종이 한 장을 꺼내 펼쳤어.

"이건 아무도 몰랐지? 이건 깜짝 선물이야."

이요르는 위엄 있어 보이게 하려는 듯 헛기침을 하더니 다시 말을 이어갔지.

"이런저런 기타 등등 여러분! 우선 시작하기 전에, 아, 아니면 마치기 전에라도 말해 두자면, 내가 시 한 편을 들려줄 거야. 종래까지……종래까지는…… 그 단어 뜻이 긴데…… 무슨 뜻이냐면…… 듣다 보면 무슨 뜻인지 알 거야. 암튼 종래는…… 이 숲에서 지어진 모든 시들은 푸, 그러니까 기분 좋은 태도를 갖춘 곰이지만 머리는 흠칫 놀랄 만큼 나쁜 곰돌이가 쓴 것들뿐이었지. 지금 여러분에게 들려줄 시는 바로 이요르, 그러니까 내가 어느 고요한 순간에 써낸 것이야. 누가 루한테서 알사탕 좀 뺏어 줘. 아울도 깨우고. 이제 우리 모두 그 시를 감상할 거야. 난 이것을 이렇게 부르지. 시라고……."

그 시는 이거야.

크리스토퍼 로빈이 떠날 거래.
적어도 내 생각엔 그래.
어디로 가냐고?
아무도 모르지.
크리스토퍼 로빈이 떠나는데…….
그 말은 그가 간다는 뜻이지.

우리가 속상해하냐고?

우리는 그렇다,

아주 많이.

사실은 생각보다 훨씬 어려워.

나 아무래도……

처음부터 다시 시작해야겠어.

하지만 더 쉬운 건

끝내는 거지.

크리스토퍼 로빈, 안녕.

나는

나는

너의 모든 친구들과

보낸다…….

내 말은 너의 모든 친구들이

보내는 거라고…….

그러니까, 어쨌든, 사랑을 담아

우리는 보낸다.

끝.

여기까지 읽고 나서 이요르가 말했어.

"혹시 누구든 박수를 치고 싶으면, 바로 지금 치는 거야."

모두들 박수를 쳤지.

"고마워. 예상하지 못했는데 흡족하네. 비록 짝짝 소리가 약하긴 했지만."

"내가 지은 시보다 훨씬 좋아."

푸가 감탄하며 말했는데, 그건 진심이었어.

"글쎄, 그러려고 한 거니까."

이요르가 점잖게 대답했어.

"이 '결이문'에 우리 모두가 서명해서 크리스토퍼 로빈에게 가져다주는 거야."

래빗이 말했지.

그래서 모두들 서명했단다.

'푸', '피글렛', '우알', '이요르',

'래빗',

'캥거',

'잉크 얼룩',

'잉크 번진 자국'까지 말이지.

다 같이 '결이문'을 가지고 크리스토퍼 로빈의 집으로 갔어.

"모두들 안녕. 푸, 안녕."

크리스토퍼 로빈이 인사했지.

친구들도 "안녕!" 하고 인사하는데 갑자기 어색하고 슬픈 기분이 들었단다. 지금 한 인사가 작별 인사처럼 느껴졌기 때문이야. 하지만 누구도 그걸 떠올리고 싶어 하지 않았어.

그래서 모두들 빙 둘러서서 누군가가 먼저 말을 꺼내기를 기다리다가, 서로의 옆구리를 쿡쿡 찌르며 "어서 빨리." 하고 재촉했지. 그렇게 쿡쿡 옆구리를 찔리다가 점점 밀려서 앞으로 나온 건 이요르였고, 다른 친구들은 이요르 뒤에 바짝 붙어 서 있었어.

"그게 뭐야, 이요르?"

크리스토퍼 로빈이 물었어.

그러자 용기를 내려고 꼬리를 이리저리 흔들어대던 이요르가 이렇게

말했지.

"크리스토퍼 로빈, 우리가 너한테 할 말이 있어서 왔는데…… 너한테 이걸 주려고……. 뭐냐면…… 누가 지은 거냐 하면…… 사실 우리도 다 들었거든. 그러니까 내 말은 우리도 다 안다고…… 글쎄, 너도 알겠지만…… 우리는…… 네가……. 그러니까 될 수 있는 대로 간단하게

말하면, 이게 바로 그거야."

말을 마친 이요르가 갑자기 화난 얼굴로 다른 친구들을 돌아보면서 말했어.

"이 숲에선 모두가 너무 우르르 모여 있어. 자리가 여유롭지 않다고. 이렇게 여럿이 더 흩어져 지내는 모습을 내 평생 본 적이 없어. 다들 자리를 잘못 잡고 있다고. 너희들은 크리스토퍼 로빈이 혼자 있고 싶어 한다는 걸 모르겠어? 난 가 볼게."

이요르는 그렇게 말하고서 쌩하게 가 버렸어.

다들 왜 그래야 하는지는 잘 몰랐지만, 슬금슬금 흩어지기 시작했지. 크리스토퍼 로빈이 시를 다 읽고 나서 고개를 들어 "고마워."라고 말할 때는 푸만 혼자 남아 있었단다.

"이걸 읽고 나니까 마음이 편안해지는 것 같아."

크리스토퍼 로빈이 종이를 접어 주머니에 집어넣으면서 말했어.

"가자, 푸."

그러고는 크리스토퍼 로빈이 빠르게 걷기 시작했어.

"우리 어디 가는 거야?"

푸가 서둘러 뒤를 따르면서 물었어.

푸는 그게 탐험이 될지, 아니면 '우리 이제 어떻게 하면 좋지?'라고 할 법한 일이 될지 궁금했거든.

"아무 데도 아니야."

크리스토퍼 로빈이 대답했어.

그렇게 둘은 그곳으로 가기 시작했고, 조금 걷다가 크리스토퍼 로빈이 푸에게 물었어.

"푸, 네가 이 세상에서 가장 좋아하는 일이 뭐야?"

"글쎄, 내가 가장 좋아하는 일은……."

푸는 잠시 말을 멈추고 생각에 잠겼어. 꿀을 먹는 일을 아주 좋아하지만, 꿀을 막 먹으려고 하는 그 순간이 더 좋거든. 그런데 푸는 그 순간을 뭐라고 부르는지 알 수 없었어. 그리고 또 푸는 생각했어. 크리스토퍼 로빈이랑 같이 있는 것도 아주 좋아하고, 피글렛과 함께 있는 것도 아주 다정한 일이라고 생각하거든.

그래서 푸는 이런 것들을 전부 떠올려 본 다음 이렇게 말했지.

"내가 세상에서 가장 좋아하는 일은 나하고 피글렛이 너를 만나러 갔을 때 네가 '뭔가 좀 먹을래?'라고 물어보고, 나는 '글쎄, 난 괜찮을 것 같은데, 너는 어때, 피글렛?'이라고 대답하는 거야. 바깥은 콧노래를 흥얼거리고 싶은 날씨이고, 새들도 지저귀고……."

"나도 그런 거 좋아해. 그렇지만 내가 가장 좋아하는 일은 아무것도 하지 않는 거야."

크리스토퍼 로빈이 말했지.

"아무것도 하지 않는 건 어떻게 하는 거야?"

푸가 한참 동안 생각해 보고 나서 물었어.

"글쎄, 그건 내가 막 그러려고 하는데…… 누군가가 나를 부르면서 '크리스토퍼 로빈, 너는 뭘 할 거야?' 하고 묻잖아. 그러면 '아, 아무것도.'라고 대답하고 나서 그걸 하면 돼."

크리스토퍼 로빈이 대답했지.

"아, 그렇구나."

푸가 고개를 끄덕이면서 말했어.

"우리가 지금 하려고 하는 것이 아무것도 하지 않는 거랑 비슷해."

"아, 그렇구나."

"그건 그냥 길을 걸으면서, 들리지 않는 온갖 소리에 귀를 기울이는 거야. 너무 애쓰지는 말고."

"아!"

둘은 이런저런 생각을 떠올리며 계속 걸었어. 그러다 보니 숲 꼭대기에 있는 '갤리언스 랩'(galleons lap)이라는 '마법의 장소'에 이르렀단다. 거기에는 나무들 예순 몇 그루가 둥글게 원을 그리며 빙 둘러서 있었는데, 크리스토퍼 로빈은 그곳이 마법에 걸린 장소라는 것을 알고 있었어. 누구도 그곳의 나무가 예순세 그루인지 예순네 그루인지 셀 수 없었거든. 나무들을 일일이 세면서 나무 둘레마다 끈을 묶어 표시해 봤는데도 결과는 마찬가지였어. 마법에 걸린 그곳은 가시금작화며 고사리 덤불이며 히스가 덮인 숲의 다른 곳과는 달리, 잔잔하고 부드러운 초록 잔디가 오밀조밀하게 깔려 있었지. 숲에서 무심코 주저앉았다가 벌떡 일어나서 다른 데를 찾지 않아도 되는 곳은 그곳이 유일했어. 그곳에 앉아 있으면 온 세상이 퍼져 나가다가 하늘과 맞닿는 모습이 한눈에 들어왔단다. 그 안에 무엇이 담겨 있든 온 세상이 갤리언스 랩으로 들어와 그 둘 곁에서 끝이 났지.

그러다가 불쑥 크리스토퍼 로빈이 푸한테 몇 가지 이야기들을 들려주기 시작했단다. 왕과 여왕이라는 사람들에 대해, 수학의 인수(factor)에 대해, 유럽이라는 곳에 대해, 어떤 배도 가 본 적 없는 바다 한가운데 있는 섬에 대해, 흡입 펌프를 만드는 법 ㅡ 만들고 싶을 경우 ㅡ 에 대해, 기사가 작위를 받는 모습에 대해, 브라질에서 건너온 것들 등등에 대해⋯⋯.

푸는 예순 몇 그루의 나무들 중 하나에 등을 기대고 앉아서 두 앞발을 포갠 채 "우아~!", "난 몰랐어." 같은 말을 하면서, 이런 이야기를 들려줄 수 있는 진짜 머리가 있다면 얼마나 멋질까 하고 생각했지.

크리스토퍼 로빈은 할 이야기들이 금세 동나자 말없이 앉아서 눈앞에 펼쳐진 세상을 내려다보았어. 그러면서 넓게 펼쳐진 세상이 멈추지 않고 언제까지나 계속되기를 바랐단다.

푸도 생각에 잠겨 있었어. 그러다가 불쑥 크리스토퍼 로빈한테 이렇게 물었어.

"네가 말한 그 '오후'라는 게 그렇게 대단한 일이야?"

('기사(Knight)'와 '밤(Night)'은 영어로 하면 발음이 같다. 푸는 크리스토퍼 로빈이 '기사'라고 하는 것을 '밤'으로 알아듣고 오후로 말하고 있다. ─ 옮긴이)

"오후 뭐?"

크리스토퍼 로빈은 다른 뭔가에 귀를 기울이면서 멍하니 말했어.

"말 위에서 말이야."

푸가 설명했지.

"기사 이야기 하는 거야?"

"아, 그게 그거였어? 그게 말이지……. 그게 왕이나 수학 인수나 네가 말한 또 다른 것들만큼이나 대단해?"

"글쎄, 왕만큼 대단하지는 않아."

크리스토퍼 로빈은 푸가 실망하는 것처럼 보이자 재빨리 덧붙였지.

"하지만 수학 인수보다는 대단해."

"곰도 그게 될 수 있어?"

"당연히 될 수 있지! 내가 너를 기사로 만들어 줄게."

크리스토퍼 로빈은 나뭇가지 하나를 주워서 푸의 어깨 한쪽에다 대고는 이렇게 말했어.

"일어서시오! 나의 가장 충성스러운 기사, 푸 드 곰돌이 경!"('드[de]'는 프랑스에서 귀족의 이름에 붙는 말이다. - 옮긴이)

푸는 자리에서 일어섰다가 다시 앉으며 "감사합니다."라고 말했어. 기사가 되었을 땐 이렇게 말해야 하는 법이거든.

그런 다음 푸는 다시 상상의 세계로 빠져들었어. 푸하고 '펌프 경'하고 '브라질 경'하고 '수학 인수 경'하고 말 한 마리를 데리고 함께 살고 있었어. 모두들 ― 말을 돌보는 '수학 인수 경'만 빼고 ― 훌륭한 크리스토퍼 로빈 왕을 모시는 충직한 기사들이었는데……. 하지만 푸는 간간이 고개를 가로저으며 "이게 아닌데." 하고 중얼거렸지. 그러고 나서 푸는 크리스토퍼 로빈이 어디든 갔다가 돌아오면 자기한테 온갖 이야기를 들려주고 싶어 할 텐데, 머리라고는 거의 없는 곰이 그것들을 제대로 알아들으려면 얼마나 헷갈리고 뒤죽박죽이 될까를 생각해 봤어. "그래서 어쩌면 크리스토퍼 로빈은 나한테 더 이상 이야기하지 않을지도 몰라." 하고 푸는 슬프게 혼잣말을 중얼거렸어. 그러면서 충직한 기사가 된다는 건, 아무런 이야기를 듣지 못해도 계속해서 충직한 걸 말하는 건지도 궁금해졌어.

그때 갑자기, 여태껏 턱을 괴고 가만히 세상을 바라보고 있던 크리스토퍼 로빈이 큰 소리로 말했어.

"푸!"

"응?"

푸가 대답했어.

"나 이제는…… 이제는…… 푸!"

"응, 말해. 크리스토퍼 로빈."

"난 더 이상 아무것도 하지 않는 건 하지 않게 될 거야."

"두 번 다시 절대로?"

"글쎄, 아마 절대로. 다들 널 가만히 놔두지 않거든."

(작가는 1926년《위니 더 푸》출간 이후 너무도 유명해진 '푸'에 대한 행복한 푸념을 크리스토퍼 로빈의 입을 빌려 이렇게 표현하고 있는 것으로 여겨진다. ― 옮긴이)

푸는 크리스토퍼 로빈이 계속해서 말하기를 기다렸지만, 크리스토퍼 로빈은 다시 입을 다물었어.

"그래서, 크리스토퍼 로빈?"

푸가 다음 말을 해달라는 듯이 말했어.

"푸, 이제 내가…… 무슨 말인지 너도 알 거야……. 내가 아무것도 하지 않는 걸 하지 않게 되면, 네가 가끔씩 여기로 와 줄 수 있어?"

"나 혼자?"

"그래, 푸."

"너도 여기에 있을 거야?"

"그럼, 푸. 난 정말 여기 있을 거야. 그렇게 하겠다고 약속할게, 푸."

"잘됐다."

"푸, 나를 언제까지나 잊지 않겠다고 약속해 줘. 내가 백 살이 되어도 말이야."

"그러면 그때 난 몇 살이 되는데?"

푸가 잠깐 생각하며 물었어.

"아흔아홉 살."

크리스토퍼 로빈이 대답해 줬지.

"약속해."

푸가 고개를 끄덕이며 말했어.

크리스토퍼 로빈은 여전히 세상을 바라보는 눈을 거두지 않은 채, 손을 뻗어 푸의 앞발을 만지작거렸어.

"푸, 만약 내가…… 만약 내가 그렇게……."

잠시 말을 멈췄던 크리스토퍼 로빈이 다시 말을 이어갔어.

"푸, 앞으로 무슨 일이 일어나도 넌 이해해 줄 거야. 그렇지?"

"뭘 이해해?"

푸가 물었어.

"아, 아무것도 아니야."

크리스토퍼 로빈이 말하면서 웃음을 터뜨렸어. 그러고는 자리에서 벌떡 일어섰어.

"가자!"

크리스토퍼 로빈이 푸에게 손을 내밀며 말했어.

"어디로?"

푸가 물었지.

"어디든지."

크리스토퍼 로빈이 대답했어.

그렇게 둘은 함께 길을 떠났어.

하지만 둘이 어디로 가든, 가는 도중에 어떤 일이 생기든 상관없단다..

이 숲 꼭대기에 있는 그 마법의 장소에서는 작은 남자아이와 그 아이의 친구 곰돌이가 장난을 치면서 언제까지나 함께 놀고 있을 테니까 말이야.

작품 해설

이 책을 펼치면 아버지(Alan Alexander Milne, 앨런 알렉산더 밀른)가 아들(크리스토퍼 로빈 밀른, Christopher Robin Milne)에게 동화를 들려주는 장면과 동화 속의 장면이 교차하면서 동시 진행형으로 전개된다. 이야기를 듣는 로빈의 옆에는 여러 동물 인형들이 놓여 있는데, 동화 속에서는 그 인형들이 로빈을 포함해 다 친구가 되어 숲속에서 이런저런 일들을 함께 겪으며 유쾌하게 살아간다.

아버지 밀른과 아들 크리스토퍼 로빈, 그리고 푸의 모델이 된 봉제 인형.

1882년 영국 런던에서 출생한 밀른은 유머 잡지 <펀치(Punch)> 편집부 직원이자 작가로 활동하다가 1913년 서른한 살에 도로시 다핀드 셸린코트(Dorothy Daphne de Sélincourt)와 결혼했고, 1920년에 외아들 로빈이 태어났다.

　　결혼 7년 만에 뒤늦게 얻은 아들을 각별히 사랑했던 밀른은, 로빈이 네댓 살 정도 무렵에 동물 인형들에게 말을 걸며 놀고 있는 모습을 자주 보게 된다. 여기서 아이디어를 얻은 밀른은 어린 아들을 무릎에 앉히고 아들의 동물 인형들을 의인화해 지어낸 동화를 들려주기 시작했다. 그리고 그 동화들을 묶어 1926년 《위니 더 푸(Winnie-the-Pooh)》를 세상에 선보인다. 우리에게는 '곰돌이 푸'로 더 친숙한, '지구상에서 가장 유명해진 곰'이 첫걸음을 떼는 순간이었다.

　　동화에 나오는 주인공들의 면면을 살펴보자.

　　위니 더 푸(Winnie-the-Pooh) : 늘 엉뚱한 행동을 일삼고 머리가

《Winnie-the-Pooh》 초판본

썩 좋은 편은 아니지만, 천진난만하기 이를 데 없는 곰돌이. 노래를 만들어 부르고 시 짓기를 좋아한다.

피글렛(Piglet) : 푸의 절친한 친구이며 소심하고 겁쟁이지만 호기심도 많은 새끼 돼지.

이요르(Eeyore) : 늘 우울해하며 구시렁대는 늙은 당나귀.

엄마 캥거(Kanga)와 아기 루(Roo) : 모성애가 지극한 엄마와 귀여운 말썽꾸러기인 아기 캥거루(KangaRoo).

티거(Tigger) : 《위니 더 푸》 두 번째 이야기인 《푸 모퉁이에 있는 집(The house at pooh corner)》에 새롭게 등장했다. 항상 통통 뛰는 (bounce) 밝고 활기찬 호랑이.

래빗(Rabbit) : 늘 간섭하고 나서길 좋아하지만 미워할 수 없는 토끼.

아울(Owl) : 허술하게(?) 아는 게 많은 올빼미.

크리스토퍼 로빈(Christopher Robin) : 숲속 동물들의 든든한 친구이자 조력자인 소년.

그리고 조연급인 래빗의 친구와 친척들…….

밀른이 상상력을 발휘하여 만들어낸 래빗과 아울을 빼면 나머지 동물은 모두 아들 로빈이 가지고 있던 장난감 인형들이었다. 그리고 이들이 살아가는 장소는 동화 속에서 '100에이커 숲'과 그 주변으로 묘사되고 있는데, 이 숲의 실제 이름은 런던 남쪽으로 48km 정도 떨어진 이스트 서식스(East Sussex) 지방에 위치한 하트필드(Hatfield)의 '애쉬다운 숲(Ashdown Forest)'이다.

밀른은 로빈이 다섯 살이었던 1925년에 하트필드의 아담한 시골집

코치포드 농장(Cotchford Farm)을 사들여 주말이나 휴가철이면 늘 이곳에서 아내, 아들과 함께 지내곤 했다. 그러면서 아들을 데리고 자주 산책을 나갔던 장소가 바로 애쉬다운 숲, 즉 동화 속의 '100에이커 숲'이 된 것이다.

작품 속에서 푸가 '푸 막대기' 놀이를 하던 장소인
애쉬다운 숲의 푸 스틱 다리(POOH STICKS BRIDGE)

숲속 오래된 호두나무는 푸의 집이 되었다. 푸와 피글렛이 헤파럼프를 잡기 위해 함정을 팠던 여섯 그루 소나무가 모여 있는 곳이나 이요르가 우울할 때 찾는 장소, 푸가 만든 '푸 막대기' 놀이를 하던 숲 언저리 강 위의 나무다리, 크리스토퍼 로빈이 친구들을 떠나는 골짜기와 마법에 걸린 장소도 모두 애쉬다운 숲에서 볼 수 있다고 한다. 《위니 더 푸》는 아버지가 어린 아들이 실제로 몸담았던 공간에서 아들이 사랑하는 인형들이 펼치는 재미난 모험을 이야기로 들려주는, 아들을 위한 선물이었던 셈이다.

《위니 더 푸》의 탄생에 어니스트 하워드 쉐퍼드(Ernest Howard

Shepard)라는 이름을 빼놓는 것은 불가능하다. 그는 밀른보다 세 살 연상으로, 두 사람은 앞에 언급한 유머 잡지 <펀치> 편집부의 동료 직원으로 인연을 맺었다.

자료에 따르면 쉐퍼드는 《위니 더 푸》의 삽화를 그리게 되기까지 몇 차례 우여곡절을 겪었다. 원래는 다른 화가가 작업을 맡았는데, 동료 시인이 강력하게 추천하는 바람에 밀른은 마지못해 쉐퍼드의 그림을 선택했다는 것이다. 그는 삽화를 그리기 위해 밀른과 로빈이 살고 있는 집에 머무르며 아이와 인형의 모습을 스케치하는 열정을 보였다.

만일 쉐퍼드로 낙점되지 않았다면 우리는 오늘날 완전히 다른 버전의 푸와 피글렛을 만나고 있을지도 모른다. 그렇다 하더라도 곰돌이 푸는 지금과 같은 유명세를 치르고 있을까?

쉐퍼드가 그린 《버드나무에 부는 바람》 삽화 일부

쉐퍼드는 셀 수 없이 많은 스케치를 통해 작품을 완성하는 것으로 유명한데, 《위니 더 푸》와 《푸 모퉁이에 있는 집》 외에 그의 대표작으로 손꼽는 케네스 그레이엄(Kenneth Grahame, 영국인들이 가장 자랑스러워하는 영국의 대표 작가, 1859~1932)의 《버드나무에 부는 바람(The Wind in the Willows)》 또한 방대한 양의 스케치를 바탕으로 빛나는 결실을 거둔 것으로 평가받고 있다.

밀른의 개성 넘치는 문장과 쉐퍼드의 언뜻 투박하면서도 따뜻한 그림으로 합작한 《위니 더 푸》는 출간 즉시 선풍적인 인기를 불러모았다. 자신감을 얻은 밀른은 2년 후인 1928년에 역시 쉐퍼드와 손을 잡고 두 번째 푸 이야기 《푸 모퉁이에 있는 집》을 출간했고, 이 책 또한 큰 호평을 받았다.

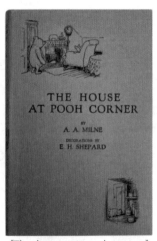

《The house at pooh corner》
초판본(1928년 출간)

《푸 모퉁이에 있는 집》 역시 《위니 더 푸》처럼 푸를 비롯한 숲속 동물 친구들과 크리스토퍼 로빈이 이런저런 사건과 사고를 함께하며 헤쳐나가는 열 개의 아기자기한 이야기를 담고 있다. 1권 《위니 더 푸》

와의 차이점이라면 티거(Tigger)라는 호랑이 친구가 등장한다는 것(로빈은 《위니 더 푸》 출간 이후에 호랑이 인형을 선물받았으리라.), 그리고 푸가 노래를 하고 시를 짓는 일에 더욱 열중한다는 것을 들 수 있다. 그리고 이야기의 종지부는 크리스토퍼 로빈과 푸가 '마법의 장소'로 떠나는 장면으로 그려진다. 그동안 성장한 크리스토퍼 로빈이 코치포드 농장을 떠나 기숙학교에 가게 되었음을 암시하는 마무리라고 하겠다.

1930년에는 책의 인기를 기반으로 푸 상품이 출시되었고, 1926년 출간 이후 세계 각국 50여 개의 언어로 번역되어 누적 판매 7천만 부를 기록하고 있다. 1977년에는 월트 디즈니가 푸 이야기를 애니메이션 영화 <곰돌이 푸의 모험(The Many Adventures of Winnie the Pooh)>으로 제작하면서 푸는 세계적으로 가장 잘 알려진 캐릭터 중 하나로 자리매김했다. 푸는 지금도 우리가 쓰는 일상생활 상품 곳곳에 등장하며 함께 살아가고 있다.

월트 디즈니의 '위니 더 푸'

곰돌이 푸 이야기를 그저 아이들 책으로 치부해 버리는 것은 곤란하다. 이야기의 배경이 되는 100에이커 숲은 인간 세상을 비유적으로 나타낸다. 푸, 피글렛, 이요르, 래빗, 캥거와 루, 아울 등 등장 동물들은 우리들이 만날 수 있는 다양한 인간상을 빗대어 보여 주고 있다. 어린이에게는 순수한 동심과 우정의 소중함을, 어른에게는 더불어 살아가는 인생살이에 대한 가슴 따뜻한 메시지를 전해 주는 《위니 더 푸》는 아이와 어른 모두를 위한 순백색의 동화라 할 수 있지 않을까…….

사람들의 마음을 먹먹하게 만드는 안타까운 뒷이야기가 하나 있다. 푸 이야기는 외동아들 로빈을 향한 아버지 밀른의 지극한 사랑이 본래의 출발점이었던 것인데, 책이 출간된 이후 부자(父子) 사이가 도리어 소원해지고 말았다.

뉴욕 공립 도서관에 전시되어 있는 크리스토퍼 로빈의 동물 인형들.
가운데 위쪽부터 시계 방향으로 푸, 티거, 피글렛, 캥거, 이요르의 모델이다.

밀른은 하루아침에 주목받는 작가로 떠올라 아들의 얼굴도 못 볼 만큼 바쁜 몸이 되었고, 아들 로빈은 그를 동화 속 주인공과 동일시하는 본의 아닌 세간의 유명세를 치르게 되어 평범한 어린 시절을 빼앗긴 채 작품 속 캐릭터들에게 애증의 감정을 품고 살아가게 되었던 것이다. 바빠진 부모 탓에 생일조차 혼자 보내야 했던 외로운 아이 로빈은 후일 자신이 가지고 있던 동물 인형들을 아무 미련도 보이지 않고 출판사 편집자 손에 넘겨주었다. 편집자는 이를 다시 뉴욕 공립 도서관(New York Public Library)에 기증해, 푸의 모델이었던 곰 봉제 인형을 비롯한 동물 인형들은 현재까지도 이곳에 전시되어 있다.

세월이 많이 흘렀다. 아버지 밀른은 1956년 74세의 나이로 눈을 감았고, 아버지처럼 작가로 살았던 아들 로빈도 1996년 76세의 나이로 세상을 떠났다. 저세상에서 재회한 두 사람은 1백여 년의 시간을 거슬러 올라 서로의 손을 꼭 잡고서 당시의 도타웠던 부자(父子) 간의 사랑을 다정하게 나누고 있을 것이다.

끝으로, 이 책 속의 한 장면을 인용한다.

"래빗은 똑똑해."
생각에 잠겨 있던 푸가 말했어.
"맞아, 래빗은 똑똑하지."
피글렛도 맞장구를 쳤지.
"그리고 래빗은 머리가 좋아."
"그래, 래빗은 머리가 좋아."

그리고 한참 동안 침묵이 흘렀어.

"그래서 어떤 일들은 전혀 이해하지 못하는 것 같아."

침묵을 깨고, 푸가 말했지. ('8. 용감한 피글렛' 중에서)

이러한 푸를 어떻게 사랑하지 않을 수 있단 말인가. 위니 더 푸, 피글렛, 이요르, 크리스토퍼 로빈 같은 이름은 영미권에서는 이미 익숙한 생활어로 통용된다. 푸는 '영원한 현재성'을 띠고 지금도 우리 곁에서 터벅터벅 걷고 있다.

저자 연보

1882 영국 런던에서 출생했다.

1890~어린 시절 H. G. 웰즈에게 사사하며 큰 영향을 받았고, 공립학교 웨스트민스터 및 케임브리지대학교 트리니티칼리지에서 공부했다.

1903 케임브리지대학교 트리니티칼리지를 졸업했다.

1906 학생 시절부터 학내 잡지에 시나 수필을 투고했으며, 대학 시절 영국의 유머 잡지 <펀치>의 편집 조수가 되었고, 이후 작가로 독립했다. 후에 <펀치>지 편집부의 일원이 되어 해학적인 시와 기발한 평론들을 발표했다.

1913 도로시 다핀 드 셀린코트와 결혼했다.

1919 제1차 세계대전 후에는 풍자적이고 해학적인 작품을 쓰는 작가로 이름을 알렸고, 희곡 《핌씨 지나가시다》를 집필했다.

1920 아들 크리스토퍼 로빈 밀른이 태어났다.

1921 《블레이즈의 진실》을 집필했다.

1922 《도버 가도》를 집필했으며, 불안감과 긴장감을 살리면서도 유머러

스하게 사건이 전개되는 유일한 장편 추리소설《붉은 저택의 비밀》을 집필했다.

1924 《When We Were Very Young》을 집필했다.

1926~1928 아들 크리스토퍼 로빈의 동물 인형인 곰돌이 푸, 회색 당나귀, 캥거와 아기 루, 아기 돼지 등을 모두 의인화시켜 익살스럽고 유쾌하게 풀어낸 공상 동화인《위니 더 푸》(1926),《푸 모퉁이에 있는 집》(1928)을 집필했으며, 지금까지 가장 인기 있는 작품으로 널리 읽히고 있다.

1929 무대 공연을 위해 아동 명작인 케네스 그레이엄의《The Wind in the Willows》를《Toad of Toad Hall》로 각색했고 10년 뒤 자서전《It's Too Late Now》를 집필, 출간했다.

1930 《마이클과 메리》(1930) 등과 같은 몇 편의 희극으로 상당한 성공을 거두었다.

1956 1월 74세의 나이로 삶을 마감했다.

푸 모퉁이에 있는 집

1판 1쇄 인쇄 | 2024. 5. 1.
1판 1쇄 발행 | 2024. 5. 7.

지은이 | 앨런 알렉산더 밀른
그린이 | 어니스트 하워드 쉐퍼드
옮긴이 | 김지영
펴낸이 | 윤옥임

펴낸곳 | 브라운힐
서울시 마포구 토정로 214번지 (신수동)
대표전화 (02)713-6523, 팩스 (02)3272-9702
전자우편 yun8511@hanmail.net
등록 제 10-2428호
© 2024 by Brown Hill Publishing Co. 2024, Printed in Korea

ISBN 979-11-5825-162-8 03840
값 16,000원

☞ 잘못 만들어진 책은 바꾸어 드립니다.